卒寿の各駅停車

はじめに

この冊子は、卒寿を翳してやや力んでいる者のつぶやきにも類する日記である。この拙著の前に2冊の先行を著した。２０２０年、米寿と言われ、それを期して、それまでの人生体験上忘れがたき断片の2、3を添えて、『米寿、そして』を著した。ついで、２０２１年、この卒寿突入を記念して、『それから卒寿』を上梓できた。今、第3弾として、『卒寿の各駅停車』を纏めてみた。今回、〃各駅停車〃としたのは、改めて、90歳代をゆっくり行こうという意味と、故郷まわりの田舎駅が滅び去っていく時に掛けた表現である。かつて、遠き昔、14歳であった私は、本当に偶然の計らいで広島原爆戦禍を免れ生き延びてきた。*生きているのは偶然の仕業であり、健康留意の結果ではない。これから、幾つの駅を通過できるかはわからない。これも運命に従うまでである。これまでどおり、卒寿の日記を書き、天邪鬼を自称するに値する文言をここに曝すので寛容されたしという次第。

＊１９４５年8月6日、14歳の少年は原爆投下の時校舎の下敷きとなったが、奇跡的に一命を得た。

2021年

7月1日

〈アメリカ・メジャーリーグ〉　このところ、大谷翔平である。どう書いておけばよいか。この米寿の記にとって、人生の終わりに、イチローに次いでまたも世紀の英雄に出会うことになった。今年秋に、永久に刻まれる翔平がいるかどうか、ここでは今は結果にいたる経過を書かないでおこう。

7月4日

〈大相撲名古屋場所〉　蒸し暑い7月の本場所。観客を入れて初日。白鵬、勝っての表情が大映し。その解釈、批評、さまざま。ここではおいておく。この天邪鬼、そうそう黙ってはいられないが、今のところ黙殺。残念なのは、朝乃山、不謹慎で一年に及ぶ出場停止。幕下まで落ちることになった。これもコロナ身代わり犠牲者のひとり。責任逃れの社会構造、標的になったのも人の好い人柄のせいかもしれない。

日本語化した「カナ表記」のことについて、あれこれとこれまでこだわってきた。一方、アルファベットそのままで示され、簡潔な呼称となっている単語も多い。例えば、ＡＥＤがある。日本語で「自動体外式除細動器」という。Automated external defibrillator の頭文字をとっている。心臓に心室細動が起こったとき、電気ショックを与え、心臓の活性を取り戻すための医療用具。巷のあちこちに見かけるようになってきている。救急車に常備されている。こうした外来語でそのままの表記であったり、頭文字を抜いて表現されているものはそれなりの効用をもって通用する。ＡＤ、ＡＤＨＤ＊も巷間に広がっている。〝発達障害〟は今これらの表現で乱用されている。注意欠陥多動性障害というよりも、確かに簡潔であるし、直接、病名をそのまま告げるよりいいかもしれない。複数の意味を持つ用語もある。私のこだわっているカナ表記の乱用とは少し違う局面でもある。ここにまた何度も書くことになるが、国の文化を云々するうえで、無視しえない事柄のように思ってこだわっている次第である。

＊ＡＤＨＤ：attention deficit hyperactivity disorder：注意欠陥・多動性障害

7月5日

「世界で一番自転車が多い街オランダ・グローニンゲン」（「世界一番紀行」＝NHK・BSプレミアム）を見ていて思った。オランダの郊外というか田舎というか、典型的な風車の舞う地域と思われる一家族への探訪。自転車を中心とする親子5人の生活。今は自転車についてては少しおいておく。小学校を頭に3人の子供を持つ夫婦。学校への送迎、仕事への夫婦の言動に、オランダという国の持つそれらしい落ち着きと、生活設計の確かさを感じさせられた。日本においてみるような、浮ついた喧噪、焦点のぼけた目標、右顧左眄の日常ではない。海抜の低い平原都市ともいえるのか、緑野が車道と自転車通行路を分け、行き交う人に何か譲り合いの気風を感じ気持ちのよいレポートであった。

7月7日

〝情報リテラシー〟「さんたのさん考書」（山陽新聞）

ここまで明確に英語表記を憶えさせられると、この卒寿の老いぼれはついていけない。Literasyを知らないわけではないが、〝情報活用力〟とでも言う方が解り易いと思う。前から、このliteracyは、やや難解な用語だった。ご存じ、〝読み書き能力・コンピューターや情報をうまく扱う知識・能力〟の意である。知識の指導書でもあるこの欄に、この用語の日本語化が明確に示されている時代に生きてきた、やや複雑でいやーな感じなのである。

7月8日

〈NHKプレミアムカフェ「雨物語」(2019年放送分)〉ハワイ諸島の最西にあるカウアイ島のレポート。自然の多くが残されている。それでも街路の整備、人々の行き交う姿も見える。2、3感動場面ありで書いておきたい。このカウアイ島、世界でもっとも雨が多いとか。赤いオヒアという花がある。湿地が多く低木が主。夜間に虹が見える(No rain nor rainbow.)。山に道を作る作業で、ブルドーザーが全く使えない土壌があるらしく、〝自然が人に勝っている〟と、道案内の学者先生が申した。自然の残されているところも少ない。近くは最近米軍から返還されたとか、沖縄ヤンパルにも思いが走る。

〈スポーツ〉松坂大輔今季限りで引退。古巣西武で終わる。思い出すことがある。丁度、2007年、私ども夫妻は、米国の長年の友ブッカー夫妻の金婚式と、「ターシャ・チューダを訪ねるツアー」に参加していた。金婚式の次第は、前著『米寿、そして』の中に添えた。さて、ターシャの探訪の終わりに、ボストン球場訪問が企画されていた。あの古ぼけたトタン張り丸出しのレフト側、裏口から、レフトスタンドに座ってみた。ボストン・レッドソックスにふさわしいのかどうか、それほどの感慨も湧かず、むしろ、〝大輔〟のおおきな看板がかかっていたのを思い出す。当地の蟹を食うレストランで、我々日本の観光客に派手なVサインで、〝大輔、万歳、18勝は固い〟と、酔っぱらいの人たちが叫んでいた。あれから、14年になる。松坂選手はこの年、ワールドシリーズにも臨み、勝利に貢献した。

高校時代、春夏甲子園連覇は鮮烈。

日本通算　114勝65敗

最優秀防御率　2回

大リーグ　56勝43敗　etc.

因みに、ご存じか、〝復讐する、しかえしする〟の英語revengeは、この松坂大輔が口走ったときにできたらしい。現在すでに、リベンジは日本語化している。

7月11日

連日、線状降雨帯が九州南部鹿児島を中心に襲っていて、テレビは繰り返し天気予報である。一方、梅雨明けも近く、来週は明けるだろう。ここでこの天邪鬼、所謂〝梅雨〟用語のまとめをしたい。中村明『日本語　語感の辞典』による。

つゆ：陰暦五月ごろの雨の多い季節や、そのころの雨を指す。会話にも文章にも使われる和語。因みに類語で円地文子の『妖』に「時のしんめりひややかな午後」という創作的擬態語を添えておく。

入梅：梅雨の季節に入る意で、改まった会話や文章に用いられる、やや古風な感じの漢語。〈—ころ〉、俗に、梅雨時そのものを指す。

梅雨：〝黴雨〟とカッコに書かれている。梅雨時の雨を指し、改まった会話や文章に用いられる漢語。〈—前線〉、〈じめじめした—の時期〉。

以上、〝梅雨〟を纏めると、誠に便利に、日本語の奥行きをもって根強く人口に膾炙していることがわかる。ただ、この老氏がこだわるのは、最近の科学的根拠を持つ線状降雨帯、少し前は、湿舌《しつぜつ》などの降雨表現があったものとの、報道上の同居違和感である。自分だけかもしれない。今も、滔々と〝梅雨明け〟も近いですよと気象予報士は期待をもって告げている。混ざらないカクテルを覚えるのは、天邪鬼に過ぎることだろうか。

〈コロナ禍〉〝政策の失敗〟、平然とアナの口に出る。暗中模索の社会不安の出口が見えない。一般大衆の史実への教養の浅さ。的の無い攻撃目標が横行。以上が拙者のまとめ。事は世紀の、つまり１００年に一度の大津波にも匹敵する出来事である。どうすれば最善か、神のみぞ知る。

〈身辺雑記〉世紀的な出来事ともいえる、大リーグ大谷君、今日の時点で33号ホームラン。年間60本に到達する数字らしい。このようなものも、長く生きていて経験する出来事かもしれない。「コロナ禍」はもとよりそうである。

庭のアジサイ、見苦しいドライフラワーと化している。花の首切りが良いかも、放置している。

〈紫陽花の　傍通りぬけ　物言わず〉

愛知県岡崎市鳥川町《とりかわちょう》の「鳥川《とっかわ》ホタルの里」は蛍の名所。餌にカワニナを与えているとか。夕刻の闇に浮かぶ蛍の幻想世界。

そうめんはここ岡山ではごく普通の中元贈答品。

〈そうめんや　遠き友より　太き糸〉
〈犬島や　向かい二軒に　縁どられ〉（無季、黄砂の日）。
濁流の映像の季節
〈濁流に　家並み揺れて　浮かべけり〉

7月12日
〈英国ウィンブルドン男子決勝〉　勝敗には関心はないが、当日満員の観衆だった。ところが今、日本はオリンピック無観客が焦点。比較して思った。国民性の違いが浮き彫り。片やアングロサクソンは、ワクチン接種の有無、コロナ感染の有無をもって入場を許可し、マスク無しの観客で事を遂行する。日本ではどうか、すべてビビりが目立ち、ことはいじいじして決まらない。農耕民族の神頼み。言論の自由も必要だが、厳にこうだというリーダーに欠ける。まあなんといろいろの人がいろいろのことを言い合う。うんざりする。

7月14日
〈鉄塔に　カラス二群《ふたぐん》　夏に入る〉

わが家の窓外に見るカラス。『米寿』にすでに書いているので重複するところもあるが、昨日、鉄塔のカラスに異変があるように思った。昨年までは、まず決まって夕刻、我が家のほぼ北側の鉄塔に集結がみられてきた。暮れる寸前、いっせいに北に向かって飛び立ち、そしてとっぷりと日が暮れる。ざっと数えると、２００～３００羽。ところが今年、より傍の先の鉄塔に継ぐ南側の鉄塔にもほぼ同数の群列がみられた。そして、なんと北側鉄塔の群れの飛び立ちに従わず、とっぷりと暮れるまでこの塔に居続けた。翌早朝見ると、そこに居続けることはなく、いつものごとく、朝靄のなか、2基の鉄塔が見えるだけだった。この群れに従っていないかに見える違反カラスについて書いた愚作を思い出した。
〈群《むれ》添いて　添わぬ者あり　夏カラス〉。もう一つ。カラスの生態についての知見。向かいの家の屋根にも、夕刻、三々五々というか、カラスたちが集まって来て止まる。もう10年以上も前には、2羽が寄り添うつがい（番い）、つまりカップルが少なからず見られた。ところが最近では、一羽ずつがそれぞれ間を作って屋根に止まっている。カラスの社会にも独身が多いのか、少し気になった。

7月15日

ベルギーのラーケン温室。レオポルド2世建造のベルギー屈指の名所。ヨーロッパの冬は厳しい。厳しい気候には保護される季節の装いというか温室が誕生する。季節に恵まれる我が国では、自然に種々の花々がごく自然にみられるので不必要になるのか。ここベルギー、ドイツ・フランス・オランダに囲まれその独立性には200年以上にわたる苦闘が刻まれてきた。ここラーケンLaekenに、鉄骨と硝子の大温室を作り国威を示そうとレオポルド2世は思考してきた。見事な建造物だった。ゼラニウム、フクシア、ツツジ、25メートルの高さの鉄骨の屋根が鈍い緑色に落ち着いている。

自分も、定年退職のあと暫く温室を持ち踏ん張っていた。カトレアの越冬開花も何年にもわたって成功し楽しんだことを思い出す。年賀にもこの温室のことを書いてきた。今は、ほこりに汚れ、ひびの入った鉢が転がっている。それでも、少し余年に挑戦してみようかという気もする。岡山の冬もここ湊の山上苫屋では、マイナス3度にはたびたび下がるので、ヒーターが必要であり、年寄りには荷が重いかと思案している。

中国天津に魯迅の孫が、内山完造開業の内山書店を再開したとか。ここはもともとの上海の店ではないがという断りがついていた。魯迅選集が書棚に見える。読み直しにももう時間がない。

7月18日

このところ、ずっと曇りで、県下あちこちで雷雨があり、予報は南からの低気圧というのか、これと北からの寒気のぶつかりだと説明。今朝も梅雨明けとの関連で予報は当惑気味。またしてもこの老氏言わずもがなだが、〝梅雨〟という雅語が出てくるのが気になる。天気予報の無かったころ、梅雨宣言は明日の天気を占うための貴重な農民への知らせであった。しかし今、全国的に、災害防止の観点もあり、詳細周到な天気予報が繰り返されている。残ったというとおかしいが、梅雨明けを宣言していなかった地方を探すかのような〝梅雨明け〟情報はもうやめてほしいものである。このロートル天邪鬼言辞だろうが、気象庁の放送要項に余程厳重にこの「梅雨入り、梅雨明け」が予報の条に書かれているのであろう。何かそぐわない感じを繰り返し書いているが、単なる拘りでもないように思えるがどうだろう。

〈アユモドキ〉絶滅危惧種で、ここ岡山の旭川・吉井川と兵庫北・京都府に限られ生息しているコイ目ドジョウ科に属する魚。かっては、高梁川、広島県の芦田川にも生息。これらの地域、すべてわが故郷に関連している地域。もう数十匹から数百匹に減少。風前の灯とか。岡山県では、アマズ、キスウオといわれてきた。思うに、オオサンショウウオとい い、このアユモドキといい、生息地から日本列島の成立が語られているように思うがどうか。

〈小鳥のこと〉小鳥に恵まれて老後を過ごしている今、この方面の知識の無さにはやや恥ずかしい。〈囀りの 頂点《ひときわ》を聴け 老いの耳〉として、「講座」に出したが評価は低かった。ホトトギスとウグイスが、どう違うかもよく知らない。托卵のウグイス、羽の色合いがやや似ているかという程度。まあわが家周辺、初春のウグイスの〝ケキョケキョ〟は耳をつんざくほどの盛況でヒトからうらやましがられている。もう少し勉強したい。手元に、吉備人出版の『鳥好きの独り言』がある。岡山県育ちの小林健三氏の本、20年越しの年代物、きれいなカラーの鳥たちに今までにない魅力を憶えている。

〈大相撲名古屋場所〉終わる。照ノ富士、優勝ならず。しかし、2場所連続優勝と、今回の14勝1敗を合わせ見事な横綱誕生である。ここに、今回の優勝者を書きたくない。この卒寿老、かねがねこの横綱が好きでない。日本古来の相撲道に悖《もと》るとか、45回の、前人未踏の優勝歴にやっかむのでもないが、何か卑しくて醜い勝者を覚える。踏んで蹴るというあのダメ押しの挙動が、どうも長年なじまない。人の道にはない挙動に見える。

〈オリンピック〉やることになって、あと1週間ばかりで開会する。バッハさんもやってきて、プラカードは〝帰れ、何しに来た〟の怒号が飛ぶ。放送もこの反対者の声をニュース性の高いものとして、人心をかく乱させる取材に向かっている。しかし、日本もいい国になったとも思う。好きがってのことを言い、失敗をすぐに人の所為にし、パソコンを使って思いどおりに書き込む。この老子、戦前を知っている。この自由というのは、しかし、切り捨てを一方に含んでいることも理解されたしと思う。英国やフランスを見ていて思う。彼らは多くの人のためにやるが、これに負ける人は見捨てる。ついてきなさい、こうやります、ついてくるのは自由です、これに反対ならば好きなようにやってください、……そう理解される移動民族の血である。日本という農耕民族の血は温かいが、情勢の判断力、実行力にはなお歴史の進行にもまれる必要があるように思う昨今。あの管制の厳しさの中で、無為無動を強いられた日本、われ、ティーンエージャーにて経験。

7月23日

〈東京オリンピック〉　今晩8時に開会式となる。コロナであろうと何であれ、何が何でもやりたいということらしい。今の自分から言えば、戦後、丁度長男が誕生したのがこの昭和39年だった。こうして今生存し、2度目のオリンピックを経験することになった。多少のワクワクを感じる。〝オリンピックの顔と顔……〟、今、三山ひろしが歌っている。すでに、女子ソフトボール、男子サッカーが行われた。そして猛暑と、コロナ第5波がかってない勢いである。この何か混沌、それでいて、わが山上の苫屋にこもる我々はいつもの通り、何の変わりもない。だが、コロナでこのオリンピックが中止となれば、アスリート5年の夢も霧消する。そして、世紀の建造物国立競技場はまるでゴースト館となり暗闇に消える。2016年12月に建造に着手。36カ月、150万人が動員された。大屋根は108の巨大なプラモデル的統合が目指された。木材、鉄材のハイブリッド構造。南三陸・紋別カラマツ・吉野杉など、全国の銘柄が使用された。合わせ技は30ミリ以内の誤差であったという。鉄骨の伸びを計算しても、驚くべき誤差であり、これは精密という以外の何物でもない。これが、幽霊のごとく突っ立ったままとなるのか。世論の二分の中、今決行というテープが切られた。成功と言われる日を待ちたい。

7月24日
〈開会式〉夕8：00〜11：30。終始観戦。「コロナ禍、無観客」という異例の中、演出に工夫が見える。なにか苦しい雰囲気。盛り上げようという企画はやや空回りの感。
選手入場、延々と続く。テニスの大坂選手が、最後の点火者に選ばれていた。なるほど！という実感。バッハ会長、日本は橋本聖子会長のそれぞれの言語のやや長いあいさつが座を白けさせてはいたが、まあこんなものか。天皇の開会宣言も少々影が薄い。ともかく開会した。沈思黙考。

アスリートの為末氏には、日頃彼の識見には敬服している。今朝、オリンピック関係の報道の中で、素晴らしい意見を述べた。私の自説に近い吐露であった。内村航平についての発言。〝彼は接見していて思う。彼の実技に際しては、彼の周囲に幕が覆い、その中に周囲は入っていけない。閉ざされた自己沈潜の中に入りきっている。従って、その意識の中に自分の思いどおりに事を進める道がついている。〟（為末氏の言そのものではないことを付記しておく）。以上のような意味の発言だった。要はこういう境地に入れる勝者のことである。少し前、岡山の渋野嬢の快挙について、タイガー・ウッズの〝楽しむ境地〟を引用して述べたことがある。それと同様のことである。少し付言すると、瞑想の境地という持論になるがここで今日は打ち切っておく。

7月27日（25日〜26日）

〈柔道〉　高藤（男子60キロ）金。辛抱強く、負けない柔道。オリンピック仕様と思われる。渡名喜（女子48キロ）、淡淡と銀。阿部兄妹（男子66キロ、女子52キロ）が金とは恐れ入った。この快挙、オリンピックが中止されていたらと思うと、賛成に与してよかったと思う。日本の普通の家庭の普通の子が勝った。親の顔が見たい。いい意味で。

男子73キロ、期待どおり大野2連覇。絞り出すように言った。〝大会に反対の人もこのアスリートのこの日を理解してほしい〟と。東京開催が中止されたとしたら、やはりこの5年は期待のヒーローには過酷の決定であったろう。

内村落下！　ゆっくり休んでほしい。後輩に委ねた今、うしろでしっかり支えていくのがレジェンド。ご苦労であった。

〈水泳〉大橋悠依、女子４００m個人メドレーで勝つ。したたかな計算、落ち着いた決意を感じる。男子の軽薄だった自負心が比較される。

〈スケートボード〉このような種目をここに掲げるとは、長生きするとこうなるのか。東京育ちの若者が、このスケートボードで、アメリカなどを制して勝つ。本人は、自分はアメリカではプロですとさりげなく言った。すでに相当の収入があるらしい。思いだす。ここ岡山はこのスケートボードは日本発祥の地の一つらしい。もう40〜50年前になるだろうか、これにはまっていた長男に、〃やっちもないものをするな〃と叱ったことを思い出す。そして、なんと女子は、13歳の子が勝つ。誠にスイスイであった。あきれた。普通のことではないと年寄りは思う。

〈卓球〉卓球初の金。かの伊藤美誠が混合で快挙。この人のスコアーの経過の一端を書いてみる。準決勝に見るようにすさまじいとしか言いようのない経過であり、この子無くしてはあり得ないほどの粘りである。あのニコニコは少々演技をしてはいるが、憎らしくそして頼もしい。

準準決勝：11―8、5―11、3―11、11―3、9―11、11―8、16―14（4―3）

決勝：5―11、7―11、11―8、11―9、11―9、6―11、11―6（4―3）

このように数字のうえでもすさまじい闘争だが、この伊藤嬢、このところずっと、特別の取材を受け、NHKがフォローし、その日常が映されてきていた。その一挙手一投足を見、そして今回である。負けて悪びれず、いつかやるの闘志が今回中国を破ったのであろう。敬服する。まだ伸びるような気がする。

7月28日
〈ソフトボール〉終にというべきか、ソフトの上野由紀子、39歳にして頂点。13年前北京の時、延長延長のふんばりが王国米国を破ったのを見ていた。その時も、すでに暮れた夕だったように記憶している。ソフトはまた次回パリでは開かれない。再開する時も来るかもしれないが、13年間のブランクを超え、20歳時で咲いていた花が40歳直前になお絢爛としている。驚く。この上野さん、極めて自然な普通の人に見えて好感。野草のたくましさも感じている。おめでとう。

7月29日
昨夜、前歯がころりと脱落。このまえ、焼きおにぎりを食い、これが硬く、この前歯に強く当たったことがあるのを思い出した。原因はそうだがいずれ歯根を取り出して抜本的治療をと思ってはいた。どちらにせよ、この歯牙古きこと我に同じ。

江田五月氏　80歳にて死去。自分が定年退職後、ここ湊地区に帰り、町内会長をしていたところ、選挙に関して、江田氏が町内会にお出でになり言葉を交わしたことがあった。思えば、父君江田三郎旧社会党党首の息子。国会議員衆参7回、法務大臣、赫赫の経歴であった。それでいて私見ではなにか繊細で憂いのまなざしが思い出される。父君の大きさに比して、少々控えめな人柄を感じていた。

〈水泳〉競泳女子大橋悠依2冠。やはりやった。この人何か違うものあり。決意・計算された勝負師。予選・準決勝……、その道筋をつけていた。地味な誇りのガッツポーズ。敬服。

〈柔道〉女子70キロ級に新井千鶴さん、ステディーに勝ち進み、粘り強く静かにつかみ取っていった。敬服。

7月31日

「オリンピック」の盛り上がりと、「コロナ禍」の盛り上がりが競うようになってきている。先日、コロナ国内最多の9583人。8月31日まで5道府県に蔓延防止の緊急宣言。

私見では、人の動きに起因することは確かな科学的根拠となるだろうが、ここ中国地方、鳥取・島根のようにこれまで人口密度を反映して少なかった県にも、いま何十人のレベルで患者が出ている。主流を占める変異型（インド系）が感染力の強いもので、これに起因する蔓延現象とみる。いかにも人流の増加、慣れ、オリンピックの祭事の故にされているが、おっとどっこい、ビールス殿ではないが、この型に由来する猛威のごとし。多くの軽症者もコロナはコロナ、隔離が必要。医療崩壊が焦眉の急務である。軽症・非顕性者の横行が気になる。準隔離とか、看護者の防御の何か新しい方法はないのか。看護師諸氏懸命の無言の所作、何とか方法はないのか。

8月1日

「国民4割1回接種」にもかかわらず、感染抑止ならず！

とうとう罹患者数が1万人を超えた。病態の詳しいことはわからない。数だけがその猛威を告げている。何割くらいが自宅待機となっているのか、その人たちの治療は、どこでどう行われるのか。インドデルタ株が主流は理解できているが、重症度の実態、死亡者数はどうなのか。書いてあるのだろうが、うさん臭くて見る気がしない。予防注射が唯一の決め手のように総理は言う。しかしどうか。悪玉インド株は日本列島を席捲して譲らず。少々の自宅待機とは違う次元の現象だろうと思う。〝現象〟と私は言ってきた。これは、歴史的な出来事を指す。地震・津波・疫病などの地球規模の出来事。うまく纏める知識はないが、今、スペイン風邪以上の地球上の異変に、くしくも遭遇しているということだろう。

〈サッカー〉今回のサッカー日本は強いという。昨日、ニュージーランドとの準々決勝を見た。今回は、堂安・久保のシュートが実らなかった。PK戦を見るのはきつい。勝ってよかった。ところでこのニュージーランドという国は、反対側に在って気になる国だがよく知らない。みんなよく知っているのだろうか。わずかな知識だが自分で少し開いてみた。

1642年、オランダのアベル・タスマン（1603―1659）がこの島を発見したという。調べによると、ダニーデンDunedinという町が有名で、芸術の街として知られているようである。日本と同じく、地震も多い国で、クライストチャーチであったか、日本人の多くが犠牲になった記憶がある。当地に学ぼうとする日本人が多いことは、ここになにか素晴らしい文化があることを示しているのであろう。

8月3日

今朝の卒寿の思い。些細な出来事だった。しかし、自分にとっては少々重要なので書き留める。（火）で自分の地区はゴミ出しの朝。このゴミは我々老人にとっては厄介な日常の一つ。わが地区のゴミステイションは、坂を下りて１５０ｍのところにある。なだらかな坂道である。（火）は、大体8時20分頃、集積のトラックが来る。今朝はややモタモタしていたので次回の（金）にしようかと一瞬思った。なにか諺が頭をよぎり、〝明日に延ばすな〟とかいう思いが咄嗟に浮かんで、家を出た。ゆっくりと歩行を確かめるのがこの頃の心がけ。集積場にゴミを下ろして戸を閉めた。その時、間髪を入れず、音を立てて集積車が来た。運転をする人にあいさつをするほどの距離である。すぐさま車は集積を終えて行った。間に合ってよかった。ゴミをもって到着し、ゴミを下ろし、それを鉄扉の中に入れたその時車が来たことになる。ほんのわずかな時間差で、このロートルはゴミをもったままその場に立ち尽くしていたであろう。そうなれば今日は、いらいらの不満な、自己嫌悪の一日であったかもしれない。わずか数秒の決断と実行ではあった。ただ教えられることは、咄嗟の判断が良い結果をもたらしたとは言え、このわずかの誤差がそのあとを汚していくという運命論につながるのである。反対の結果がすぐ隣にある。タイミングということを思っている。数秒の中に種々の道筋がある。要は、一日一日、計画を持ち実行する。咄嗟の仕事はそれなりに危険であり、そのあとの道筋を狂わす。他人にとっては少々大げさな話になったが、このロートルには実感なのである。

8月5日

「コロナ」いよいよ猛威。岡山で100名を超えた。5月頃にも一度達している。新型「デルタ株」の侵入である。昨日も、わがクリニックにおいて、何名かのPCR陽性者が受診している。身近になっていてまた一方無関心楽観者も多い。カオスである。今日の「滴一滴」においてさえ論旨が混乱する。内田百閒の幼児の頃のおまじないの話。息を吹きかけると風の神が乗り移る話。それを丸く藁で編んだ桟俵に載せて川に流すという。人形を疫神に見立てて流すという風習。頼るすべがない。時は、しかし今、この「コロナ疫の神」、その対処を政府に向ける。〝緊急事態宣言とワクチン〟が神の手になるのか。「滴一滴」氏は、政府の変容を求める。行動の変容という語を使った。変容は非現実的対処であり、意識変容にもつながる。今、なにか神懸かりになってきた。しかし、ことは世紀に一度の疫病である。その経過は時の政府に期待するなど到底予測不能の、科学をうそぶく地球上のできごとである。政府の行動変容などには到底期待できないし、土台無理な要求であろう。私の好きなこの山陽新聞のコラム、このエッセンスも曇り空。

〈オリンピック〉年寄りの僻みを一つ。「10ｍ PLATFORM」、（10ｍ高板飛び込み）を見て思った。中国の子供がずば抜けた着水で満点に近くメダル。それはそれとして素晴らしい。だが今日ふと、人の頭部から10ｍをさかさまに落ちる際の頭部脳振盪のことを危惧した。両手が先に水面に突っ込むので頭部は保護されているように見える。しかし、各選手の年余にわたる、恐らく数えきれない猛練習を思うと、脳に対する影響を思ってしまう。以前、ボクシングと脳波の主題があった。今回同様の疑問を持った。10ｍの高所から、頭から突っ込む水圧と脳への影響。それを表すかもしれない脳波への影響。近く、脳波博士、友人宮内哲博士にただしてみたいと思う。オリンピックの種目の中には、人の可能性の限界を求める基本的な姿勢とは裏腹なショウ的なものがもてはやされる。古代人はこの10ｍもの高さから逆さまに頭から突っ込むような馬鹿な行為はしなかった。サルもこれはやらないだろう。音もなく突っ込む上手さが勝敗を分ける。実に意味のない争いに見えた。にわかに、軽業劇に使役させられていたかっての子女のことも思った。

8月6日

今、7時15分。あと一時間もすれば、原爆投下の時刻になる。あれから75有余年が経過した。体験の詳細は、前の『米寿、そして』に書いた。今日、広島修道学園で、中二生による追悼式があり、我々生き残りの旧中二年生の老人が若干名集まる。今年は失礼した。「コロナ」猛威中であり、移動制限に従った。90歳になっているわれわれ、おそらく10名以下であろう、参集するのは。来年生きていれば行きたいと思う。

〈芸備線　廃線問題〉恐らく、近く廃線が決まるだろう。政治的背景もあろうから、その決断を先送りにしているだけだろう。一日、10名内外の乗客、やむをえない。私個人、何とも言えない寂寥を覚える。芸備線東城駅はほぼ私と同年齢。詳細は今わからないが、昭和5〜6年頃に開通している。私は、12歳、国民学校（当時そう呼んだ）を終え、広島市の私立修道中学に進み、この芸備線は唯一の交通手段だった。東城—広島は5時間を要した。帰宅してみると鼻の穴に機関車の黒煙がついていたのを思い出す。それでも帰宅したくて休みがあれば東城に帰っていた。芸備線はわが命という訳。夏になり帰宅して見上げた城山の緑は印象的だった。子供心に記憶している。この線の廃止にはそれなりに必然性もある。東城は岡山県に所属する方がよかったのは以前から知られてきた。新見に近い。元来、砂鉄などの産地であり、裕福な家庭も多く、子女は、岡山・広島を越えて上京するのが普通であった。金のある子女は東京6大学の私立への決まった進路があった。広島は遠く、岡山は他県であったから、どうせ出るのなら、憧れの東京であった。言葉も岡山弁に近く、広島弁は遠かった。中学に進んだ広島で、私の言葉は広島弁ではなく笑いの対象だった。高梁川の上流は成羽川であり、東城の南にダムもある。そもそも備後東城なのである。近く芸備線『東城駅』は消滅する。

〈夏草に　機缶車の車輪来て止まる（山口誓子）〉

〈教訓〉星野道夫『旅をする木』註)、の解説池澤夏樹氏の言葉。

　たとえば彼の人生が平均よりも短かったとしても、そんなことに何の意味があるだろう。大事なのは長く生きることではなく、よく生きることだ。そして、彼ほどよく生きた者、この本に書かれたように幸福な時間を過ごした者をぼくは他に知らない。（星野道夫：１９５２年生。アラスカを本拠地として生活。１９９６年8月8日、取材中、ヒグマに襲われ急逝。感動的な多くの写真を残している）。この星野道夫『旅をする木』には、随所に生きた言葉が氾濫している。彼の箴言をここに挿入していきたい。

まず『旅をする木』は、この書のⅢの中にある表題であり、この本の中心をなしているものである。「旅をする木」とは、アラスカの動物学の古典、『Animals of the North』に由来する。アラスカの自然を物語っている古典。一羽のイスカがトウヒの木に止まり、ついばんだ種子を川に落とす。さまざまな偶然を経て木に成長していくが、川の浸蝕が森を削り、その木は川岸に立つ。そして、洪水に流されベーリング海へと運ばれる。かくして、アラスカ内陸部で生まれたこのトウヒの木は北のツンドラ地帯にまで運ばれる。そして、そこに木のない土地柄、キツネのランドマークとなり、一匹が匂いをつける。一人のエスキモーがワナを仕掛ける。一本のトウヒの木の果てしない旅は、原野の家の薪ストーブの中に、燃え尽き生まれ変わり、トウヒの新たな旅も始まる、という話。一本の木が成長を遂げるが、その先にも生命の役割がある。死が死ではない。人の魄はまた別の魄に宿っていく。不老不死とはこういうものだと、解説の池澤夏樹も書いている。

星野道夫：（1）透明度が低い海ですが（アラスカの海）、それが豊かさの証です。この海はまさにプランクトンのスープなのです。

註）星野道夫：『旅をする木』、文春文庫、株式会社文藝春秋、1999.

8月7日

〈オリンピック〉日本のメダル獲得、このところ書いていなかったが、現在までに、金24、銀11、銅16。開催国として、多いのか物足りないのかよくわからないが、総数で中国、アメリカに次いで多いようである。目出度し。ただ思うに、もしこのオリンピックが「コロナ」猛威のなか中止になっていたらという思いが浮かんだ。リオ以来、5年の経過ののち、中止となっていたとしたらということである。今メダルを手にしている人の姿、ひいてはその人生、無になっていたのか、なにか呆然たる思いがわく。恐らく今日の晴れの姿はなく、オリンピックのレジェンドの栄誉は得られないままだろう。そこが空白の穴になりメダルアスリートの記録は残されない。金メダリストの人生を変えてしまうような空白の年になったであろう。100m、200mメドレーの大橋結衣嬢の達成された喜びの実に印象深い握りこぶしがなかったことになるではないか。対峙された「コロナ禍」は今にして思えばオリンピックに影響はないと言い切ることもできるのではないか。アスリートの控えめな勝利の笑顔は、〝2020東京〟の中に残された。世の政策などには無縁に見えてくる。

立秋。〈秋立つと　いふばかりでも　足かろし〉　一茶。

8月8日

早朝、男子マラソン。多分勝てないだろうと思うと、ケニアのゆるぎない走行にも目は向かない。昨夜の、「野球」の表彰式は長く、延々と5時間に及んだ。ヒーローは捕手の甲斐である、と私は思う。はらはらして見ていたが、今回はどうやら勝つだろうと予想した。その通りになった。この最終戦でも、もし「コロナ」でオリンピックが中止されていれば、昨夜の試合は存在しなかった。3時間に及ぶ経過は夢のドラマとして、それこそ夢想だにしえない幻であったことになる。すべての試合経過においてそうなってしまう。

訃報：木村敏氏逝く。京都大学名誉教授。90歳。私と同年齢。若い時から、切れ味鋭く精神病理に切り込んでおられた。「人と人との間」、「自己・あいだ・時間」、「時間と自己」

などの表現で病者の心性に迫る多くの著書がある。私の研究と重なった分野もある。若い時分、1960年代であったろう、脳波の基礎律動に関しての論文がある。この分野で氏の論拠を引用させていただいたことを想起している。氏の言う「シーソー現象」は、脳波上における基礎律動の変化と精神症状との関係を提示した貴重な知見として生きている。また、ドイツ・ドイツ語にも堪能であった。もう10年以上前になるだろう、広島での学会で、ロートルが教育講演をさせられた時にお会いした。ここにご冥福を祈る。

8月9日

長崎被災の日。台風9号、山口・島根を通過。温帯低気圧に変貌して日本海へ。岡山、多少の風雨で済む。

オリンピック、昨夜は閉会式を終わるまで見る。少々満足のできない結末だが、無事に終わってよかった。これからは、報道のケチ探しをあれこれ見ることになるだろう。成功としながら一方で、なにかマイナス要因を探すのが民主主義。世論分断は民主主義の常道。〝やります〟と言って、やったんだから、まあ終わってよかったということになる。因みに、日本の獲得したメダルは、金27・銀14・銅17であった。特に金が多く、総数は米国・中国に次いでいる。

山陽新聞「解読オリンピック」の最終論調はこう伝えた。「コロナウイルスの猛威は、どこまで拡大するのか、先が見えない。日本の国力低下も、まったく先が見えない。私たちが長い間、先送りしごまかしてきた問題が、次々襲ってくる。あまりにも重い現実が、残された。もう夢への逃避はできない。」最後のこの論調は、時の思想史を語る代表的な大学教授の言である。傾聴したい。だが、読後、何ともやりきれない違和感を覚えた。何を言っているのか、まったくわからない。思想史という立場なのであろう。「夢のあとに残る重い現実」がタイトルであった。〝夢のあと？　重い現実？〟、よくわからない。これらは、永劫変わらぬ歴史の歩みであり、繰り返される日常ではないのか。オリンピックは4年に一度のイベントであり、コロナ肺炎は、１００年に一度のハプニングである。その重なりは何度も地球上で起きてきたのではないだろうか。私は自身原爆被災を通じて、「瞬間」とか、運命とは何かを時に応じて考える。今、私は90年を生きて、人の思想を超える「時」というものの存在があると思っている。

〈瞥見〉テレビ。ナポリの下町、スペイン地区の主婦の生活と知恵。ティーシャツにspagnola

の文字が見えた。アパートの上の階では吊り下げたポリバケツで日用品を届けてもらっている。きさくでおしゃべりの婦人たち。このスペイン地区。大航海時代であろうか、スペイン統治になって残っている地域。戦後、治安はよくなかった。もっと知りたくなった。

8月10日

〈臨床メモ〉患者さんを前にして、最近、私がよく口にしている〝拘り（こだわり）〟について書いておきたい。この〝こだわり〟は通常使われる言葉である。一応辞書にこれを求め明確にしておきたい（中村明『日本語　語感の辞典』）。

価値の乏しい細やかなことや、さほど重要でない点に心をとらわれる意で、日常の和語。例。「金銭に―、流行に―、過去の失敗にいつまでも―、細かい点にいつまでも―」など。従来、マイナス評価であったこの語が近年、味に―、といったプラス評価としても使われる。〝こだわりの逸品〟。拘泥という同意の漢語もある。

この「こだわり」を臨床場面で繰り返し申している現状。これから具体的な例証を示していきたい。

8月11日

「コロナ」、1万5812人罹患の新記録。スポーツではない。いい加減にしてほしいが、打つ手もなく、ワクチン接種、人の慣れと移動に因などが言い交わされている。ウイルスも日に日に変異しているらしい。ウイルス自体の世界にもそれなりの特徴を有して生存しているのだろう。事の生起にはそれなりの経過がある。今、禍はピークなのか、まだその頂点に達していないのか、その一つの山の終焉になることを願うのみ。

〝夏空に映える8万本のひまわり〟。観光施設、ひるぜんジャージーランドにヒマワリの大輪が高原に広がっている。もう5～6年前か、もっと前だったような気もする。一度ここを見て写真を撮った。孫がまだ幼児の頃だった。

〝撫川のうちわ〟はその製作技法などに特徴がありユニークなものとして、以前からよく知られてきた。その精工風雅の逸品の展示がある。きれいな絵柄が紹介されていた。いいものは残り栄える。(以上2件、山陽新聞)。

以上、夏空のヒマワリも、涼しいうちわの由来探訪も、閉塞老人には今遠い。出かけてみようか、当分駄目だろう。

8月12日

今夏は、帰省ラッシュというのはないらしい。「コロナ」の防御として人の移動が悪玉になっているからである。新幹線も押し合いはない。「コロナ」はまだ上昇していて、ピークが見えない。台上にあるように思うが、期待観測かもしれない。今日は、思い起こす。「時」のこと。昭和60年。今夕、ジャンボ機が群馬御巣鷹山に墜落。520名が「時」に遭遇。4名の女性が生存。屍の確認もできぬ惨状。かの〝上を向いて歩こう〟の九ちゃんこと坂本九氏が乗り合わせていた。因を求めてもその「時」は帰らない。若い時、無駄なおしゃべりで、〝こっちの道を行った場合と、こっちの道を行った場合とでは、人生は異なってくる〟など、際限なく友と言い合った。何故、どのように、8月12日、東京―大阪、日航123便は選ばれたのか。この大型の怪物は今その姿を見ない。大統領専用機として存在しているようにも見受ける。

今夏、線状降水帯がなんと8月の土用お盆にやって来ていて停滞、珍しい気象となっている。九州を横切り、伊予灘を横断し広島県に発する江の川を氾濫させ居座っている。報道は、〝数十年に一度の、今までに経験したことの無い、命にかかわる〟を繰り返している。やや違和感のある表現だが、これが今流なのであろう。何か言葉だけが浮き上がっているようで、終始これを繰り返されると何か慣れをきたしスイッチが切られるのではないかと思われてくる。これもこの老子の嫌なつぶやきになるのかもしれない。

私の知り合いでM病院の頃、社会福祉の草分け的な役割を担っていたSさんとはいまだに交流があり、今県北の大学に赴任し頑張っている。この君から、引きこもり問題で纏めた報告書が贈られてきた。この引きこもり問題は放送番組をはじめ地味な時の話題である。この人、イギリスのノッチンガムまで視察に訪れた。この面、私には少し遠い論題。理解は難しいのだが、折角だから熟読した。どうも核心は、『共同創造』ということらしい。これは、co-PRODUCTIONの訳である。これがコア。引きこもりは臨床にも稀ではない。焦眉の問題である。治療者になろうとしたり、教育的な立場に立つと、うまく運ばない。うまく言えないが、いわばサークルを立ち上げ友人関係の樹立が必要であると思う。蛇足になるが、コ・プロダクションの訳が気になった。〝コ・〟の訳は苦しい。せめて〝コー〟か〝コォー〟で、〝コ・〟と訳されているのが気になる。閑話休題。

長雨が続く。被害も各地に。夕刻雨が上がり晴れ間も見えた。〈長雨の　晴れ間にせわし蝉の声〉則仁堂

8月16日
星野道夫（2）：ここは宇宙と対話ができる不思議な空間だった。四〇〇〇～六〇〇〇メートルの高山に囲まれた氷河の上で過ごす夜。（中略）それは、壮大な自然の劇場で、宇宙のドラマをたった一人の観客として見るような体験だった。（3）ひとつの体験が、その人間の中で熟し、何かを形づくるまでには、少し時間が必要な気がする。（4）子どもの頃に見た風景がずっと心の中に残ることがある。いつか大人になり、さまざまな人生の岐路に立った時、人の言葉ではなく、いつか見た風景に励まされたり勇気を与えられたりすることがきっとあるような気がする。

8月18日
降雨続く。実に意外な土用の長雨。高校野球、見ていられないほどの泥仕合。大会運営

に問題あり。かわいそうで見ておれん。
コロナ、わが予想に反し猛威続く。罹患者の数のことよりも、この疫病、対応する医療現場に窮状。伝染力、軽症者の急激な悪化。早くから特殊施設の新設を急げばよかった。中国はこれをやっているかの報道があった。
岡山　蔓延防止の重点措置。昨夜の総理記者会見。総理は歯に衣、尾身さんはずばり人流の法的規制をと叫んでいた。今や災害である。政治的思惑発現は今は控えてもらいたい。

星野道夫語録（4）日々生きているということは、あたりまえのことではなくて、実は奇跡的なことのような気がします。（5）この時期、ブルーベリーの実を摘みにゆく人に、「クマと頭を鉢合わせするなよ！」とよく言います。

8月20日
「コロナ」、2万5000人を超える。自宅療養者の治療が焦眉の問題になってきている。東京をはじめ事態宣言を受けているところすべて医療の危機的事態になった。幼児も発症する。学校閉鎖も論議され始めている。自分のことだが、診療所の界隈も揺れている。みんな不安には変わりない。5月にワクチンをしたので、10ケ月有効として今年中は一応効果の中にある。しかし、新型に対する効果は必ずしも実証されているわけではない。診療に出かけるなと息子は言う。周囲に感染者が出てからでは遅いかもしれない。自宅からテレワーク診療を試みてもよいか、と思ったりする。

8月21日

「コロナ」、2万5876人。昨日の国会のやりとりの一面をここに残しておく。社民の一議員が、「最早策無し」と吐くように言う。間髪入れず、尾身さん、「策無し」とすることが「策無しになる」と鋭く切り返された。

8月22日

昨夜、うなされて悪夢というか、なにか苦し紛れに叫んで目が覚めた。家内は、時折同じような寝相が私にはあるという。罪の履歴に基づくものだろう。さて、「コロナ」、なかなか沈静に向かわない。これまで親しくしてくれていた人たちにも会っていない。会合もない。勉強会もテレワークで、機器の操作ができない耄碌には沈黙に拍車がかかる。これで、なにかすべてが変わるように思う。わが人生90年が、すっぽり入るこの期間、日本は変貌を迫られてきた。既存の価値の消滅、とりわけわが医療界の抜本的見直しが求められるかもしれない。ウイルスやDNAのさらなる解明、感染症に対する抗生物質の乱用、軽視されてきた保健所の新たな構築の必要性などなど。いわんやお役所、とりわけ厚生労働方面の、いまだに根強い鎖国対応。もはや防御ではなく、萎縮であり閉塞された残骸に近い。……今朝の悪夢のとばっちりになった。閑話休題。

8月23日

「コロナ」に明け暮れ読書が進まない。最近、アメリカの副大統領カマラ・ハリス著『私たちの真実』をめくっているが、そのなかに、アメリカの医療事情を詳細にしている「みんなの体」(フリガナがあり、〝エブリボディ〟となっている)を紹介したい。国情の違いから、医療が異なった局面になることを少し考えたい。人の体は人種にかかわらずほぼ同等であり、構造的には同じように進化した。そして、このプロセスに体が損なわれるというプロセスも同様に生じる。だがそこには国の事情により異なった局面が浮上する。ここに医療制度が立ちはだかり種々の様態を生じる。そして、さまざまな感情を誘発する。痛み、不安、絶望、恐怖。これらは国情による差異なない。さて、アメリカは今医療制度の崩壊という事態になっているとカマラ氏は言う。予算という面では、しかし、どの先進国より大きい。ところが、平均寿命、妊産婦の死亡率などは低下。一方で、勤労世帯にのしかかる医療費の負担は著しい。個人破産の主な理由がここにある。医療面での献身的な従事者には敬意を払うが、アメリカでは不気味な分断ができている。世界で最も進んだ医療機関を持ちながら、同時にまた最悪の受給状況にあり、平等な医療には程遠い。アメリカには、全国民をカバーする公的医療機関がない。ここに、民間保険が登場し予想される保険料の高騰である。収入の多い少ないで受けられる医療のレベルが異なり、ここ何年間も保険料は右肩上がり、収入の多寡で受けられる医療のレベルが異なるという事態になっている。（後、日付が変わるが、続ける）。

8月24日

山陽新聞の報じる「第67回岡山県児童生徒書道展」を何気なく開いていてある思いになった。見事、素晴らしい県教育長賞の書字。ふくよかで、一か所にも乱れなく、大きい。今年は昨年よりも１８３６点も多い応募だったらしい。小中学校３万４４１２点、中学校１

万８８２０点もの応募である。新聞一面にびっしり埋め尽くされた氏名には驚く。高校生の応募になると減少していくらしい。今朝この老子の感じたことは、これだけ多数の子供が日本の書道に今なお取り組んでいるという時代感覚のことである。書字の上達は私にはいろいろ思い出がある。昭和10年から15年の頃、母は私を半強制的に書道に従わせた。私はそれほど嫌でもなかったし、褒められれば気持ちも悪くもないので、何年かやった。さて、この書字であるが、現今というか最近というか、教養豊かと思われる御仁の書字はでたらめになっていると思うがどうか。今では、〝秀才は字が下手〟というのが通り相場で、へたくそが売り物、特有の勝手な崩しでヒトを混乱させている。先日も知り合いの某教授君から、「自分の書字はとにかく字にもならないのでワープロをお許しあれ」と言って詳細な近況をいただいた。なにか文字入力でないと、書字はできなくなってきているのではないか。そして一方では習字の賞賛である。この文化離断とも思う現象、今、書字の上達は教養を深める別塾であり、日常につながるスキルの向上ではないらしい。もはや、自筆の書字などは古典的。先の自著『米寿　そして』も、このワープロなくしては恐らく日の目を見られることはなかったであろう。子供らの書字は、しかし、何といっても素晴らしく、あの豊満な表現にほれぼれしている。

8月26日

〈ハリス・カマラ『私たちの真実』続き〉

事前。アメリカ人が負担している薬代はとんでもなく高値である。2016年の時点で、高コレステロールの治療薬であるクレストールをアメリカで買うと、隣国のカナダよりも62％も高い。日本と同様に、アメリカでも国民の52％はなんらかの医薬品を処方されている。そして、医薬品受給者の4分の1は、薬代を捻出するのに苦労している。この価額に政府は関与していない。製薬会社は長年にわたって議会を動かしてきている。その影響力は増すばかりである。「マイラン」製薬のエピペンという薬を例に挙げる。この薬は、アナフィラキシーの価格を7年間に5倍に吊り上げた。他にも同様な値上げがなされている。まして、救急病院搬入という事態になれば家計は破綻する。この老子の関与するメンタルヘルスの分野でも深刻である。まず補償の対象となる診療機関を探すのが困難である。精神科医の半数は保険会社と契約していない。アメリカでも患者数は増加している。ケアを受けること自体が難しい。メイン州の例が示されている。メンタルヘルスに問題をかかえる人の半数に近い人はケアには遠い。骨折、感染症などにおいても、半数近い人が医療を受けていない。事が悪性腫瘍になると事態は悲惨である。ここアメリカという先進国の話である。国民のあいだにこの医療費をめぐって離断が生じているのは明らかで、要するに、お金がないと医療には縁がないという事態になっている。ボルチモアでは、平均寿命に20年もの差がすでに出てきているようである。(この話題は終わっていない。続く)。

8月27日

「コロナ猛威」の中、パラリンピック東京2020が開幕。開会式をすべて観戦。パラアスリートと言われる人の感激を代弁したものになったか、出場を祝う祝宴として何を表現されたのかよくわからなかった。ともあれ、お膳立ての困難さ、地味な準備等々、裏方の配慮は相当なものであったと推測する。

早速、金メダル。運動機能障害S4、水泳男子100メートル鈴木孝幸さん。〝なにかに取り組んでいるとき、成果や進歩を実感できると、やる気になる〟(山陽新聞、朝刊)と述べている。レースに周到の作戦もうかがわれ感服した。

自民総裁選。広島の岸田氏、立候補の弁、むなしい。「菅総理には国民は失望している、コロナ対策の失敗である」と言う。コロナという世紀の怪物を左右する人物はこの世に存在しない。コロナを俎上に載せて論争するのは止めてほしい。菅さんは岸田さんをはじめ、自民党の支えがあって初めて壇上にある。あなたたちが支えてきたのではないか。自分がやっていればもっと違う局面を出せたかの論理は俎上の空論である。どなたがやっても世界は同様の展開をしていると思われる。今、「コロナ禍」はほぼ頂点に燃え盛っている。総裁選を少々延期し、党派を超えて消炎に立ちはだかるべきではないか。コロナは今災害として捉えられている。

8月28日

〈身辺雑記〉今朝も同じような夢を見た。この場面は不思議にいつもほぼ同様である。どうして同じ夢になるのか。事は、どうも寝相にある。レム期、窮屈な布団のなか、身動きのできない筋弛緩のしばりの相にあるらしい。いつもの場面とは、ゴルフ。ティーアップといって、第一打を打つとき、地面に差し込んでボールをのせる、釘のような台があるのだが、いつもその場面になる。ここにゴルフの原点がある。重要なことはじめ。狭い空間、めちこち場所を変えて捜している。どうしても打ち始められない。ややあってともかく打つ。球を追って坂を上る。ボール捜しは物置のようなところに一変する……。これがいつもの夢でほぼ同様な場面。最初のティーアップがゴルファーの、何と言うか、その日を占う試練であるから、履歴をそのまま再現されたものであろう。悪戦苦闘がよみがえる。わが寝相は概して金縛りに近い運動不能でレム期と考えられる。何とかして大きく動こうともがいている記憶が残る。ともかく同じ夢になる。もう一つは、これもゴルフ。道具をあらかじめ預ける箇所を探している。どうしても決められない。あちこち歩きまわり探索、どうしても決まらない。目が覚める。こういう次第。夢分析の要ありか。

〈パラリンピック〉国立競技場に続々と競技が展開している。昨夜、車いすT52：400mの決勝を見た。佐藤友祈選手、宣言通り優勝。新聞は今朝、〝悲願 金〟と讃えている。自分は多少違うものを感じた。かねがね、彼は〝必ずオリンピックで勝つ、間違いない〟とよく宣言していたのを思い出す。その時、オリンピックというのはなにか平常とは異なるものがあり、何が起こるかわからない。豪語は慎んでおいたほうが良いと思っていた。過去2回、マーティンというアメリカ選手が連続金となっている。これをライバル視してきた。すでにマーティンを凌駕し、世界記録も更新している。豪語しておかしくはない。しかしである。オリンピックは魔物が住んでいる。果たして、危なかったと私は思った。レース直前、マーティンの不敵な表情に何か目論見を見た。勝ったのは、ゴール寸前、0秒20差であった。絶対勝てるという差ではない。マーティンのしたたかな飛び出しは、佐藤君の思惑を超え、最後まで走れる力だった。自分は後半に強いという自負は危険な計算であった。勝った時、一瞬彼の表情をよぎったのは、え!危なかった、という表情であった、ように私は思う。なお、新聞の見出し、〝悲願の優勝〟の、悲願は彼には向かないのかもしれない。念願の優勝であろう。悲願は仏の慈悲の心から出た願いのことである。私はむしろ、彼は強い負けず嫌いで1位を目指す強い信念の持ち主であると思う。悲願どころか、むしろ強い自負の結晶であったように思うがどうか。〝好漢自重せよ〟の語句を祝詞とする。

〈カマラ・ハリス副大統領‥私たちの真実‥続き〉

前回までに、大まかな国情の違いを書いた。ここで具体的な日米の違いを、この書から引用したい。

ある夫婦が転倒し頭を打った幼児を連れて受診。子供に出血はなかったが、動揺した親は病院に向かうのに救急車を呼んだ。子供に問題はなく、乳幼児用ミルクをもらい自宅に戻った。後日、送られてきた請求書には1万9000ドル（約200万円）とあり、重すぎる借金を背負うことになった。

別のケース。足首を捻挫した女性は緊急手術を受けることになった。その女性は医療保険には入っていたが、保険会社は病院の請求額を一応払ってから、この額を高いと判断し、女性側に約340万円分の支払いを求めた。

自動車事故にあった男性の手術例。自分が加入している医療保険の契約病院であることを電話で確認しておいたが、フリーランスの外科医が契約対象でなかったことから、その男性は約80万円の手術代を請求された。

8月29日
〈星野道夫：語録（6）〉
ひとつの体験が、その人の中で熟し、何かを形づくるまでには、少し時間が必要な気がする。「ルース氷河」より。
一八五六年、クリミア戦争で英仏同盟に敗れた帝政ロシアはアラスカを手放すことを決め、一八六七年（著者註：因みに1868年は明治維新）、アリューシャンを含むアラスカ全土をわずか七百二十万ドルでアメリカへ譲渡する（著者註：思うに、日本の敗戦間近、多分4～5日前、日本北東4島をどさくさ紛れに奪取したソ連のことを思う。この国には、古くからこのような略奪の歴史があるよう）。「シトカ」より。

ワスレナグサは、英語で、forget-me-not、このいじらしいほど可憐な花が、荒々しい自然を内包するアラスカの州花であることが嬉しかった。（中略）そこで過ごした時間は確実に存在する。そして最後に意味をもつのは、結果ではなく、過ごしてしまった、かけがいのないその時間である。頬を撫でる極北の風の感触、（中略）見過ごしそうな小さなワスレナグサのたたずまい……ふと立ち止まり、少し気持ちを込めて、五感の中にそんな風景を残してゆきたい。何も生み出すことのない、ただ流れてゆく時を、大切にしたい。あわただしい、人間の日々の営みと並行して、もうひとつの時間が流れていることを、いつも心のどこかで感じていたい。「ワスレナグサ」より。

8月30日

〈瞥見・風聞〉昨日だったか、90歳～92歳のロートルが、ギネス新記録とか、走行の記録だった。4人でつないだようである。青森県の老人だったと思う。年寄りの駆け足（？）

は最も困難な運動。すぐさま付けが来る。快挙にこちらも負けていられない。だが、走ることはすでにギブアップ。同輩として敬意を表しておきたい。

〈パラリンピック〉車いすT52、1500m決勝で、豪語通り、佐藤君勝つ。マーティンという米国強豪に、0・59秒差で振り切った。日本勢初の2冠。おめでとう。400mの時に書いた彼への忠言の続きとなるが、勝利のインタビュー、なにか拘りと意地っ張りの面がのぞき気になる。周囲にこれまでの支援を感謝しながら、自己顕示欲がもろに出ていて少し気になった。いろいろの見方もあるだろう。しかし、パラ競技自体は金メダルが目標のすべてではない。重ねてお祝いを述べ賞賛したい。だがしかし、と思う老子に若干の思いが走る。どこまでも可能性を追求してほしい。マイナスをプラスに転じる人生の意味合いのなかを、君の強い意志でさらなる域に突き進んでほしい。世界新、パラリンピック連覇は、佐藤君の力であれば豪語しなくてもやってくる。重ねて、金メダルは目標のすべてではない。佐藤君の人生を祝福したい。

8月31日

〈瞥見・風聞〉

地中海、イタリアはシシリー島の東海岸・タオルミーナという観光地をTVで見た。3年前のリポートだったが、抜群の景勝を満喫した。この中で、ここを訪れる人たちの満足よりも、ここに永住しようとするカップルのもつ満足の表情がより印象的だった。住まいは何百年にわたってそこにある石造りの住居になるのだろうか。収入のことが気になったが、観光地でもありサービス業は豊富だろう。だがそれが一生になると思うと少し不安にもなる。陽気とされるイタリアの人より旅で気に入った人たちの永住の話である。日本の若者は、今、一軒の家を持ちたいとしたかっての私くらいの者たちの思いは、もう無いかもしれないが、永住という選択について考えてしまう。

この夕、偶然、ＮＨＫの「世界ふれあい街歩き」がまた流れていて、見ていなかったコルス島、コルシカが流れていた。コルシカと言えば、ナポレオンで、この島がイタリアではなくフランス領であり、ミレニアム記念に、ニースを訪れたとき、ジェノヴァの通過点でコルシカが南方地中海にあり、かなり接近した位置だと教えられたことを思い出している。今日の映像は、２０１６年のものだった。ここは、シチリアのような陽気なイタリアではない。なにか古く重い。観光客で生きていくような雰囲気でもない。〝ナポレオン〟を口にしたナレーターに、〝ナポレオンは国賊の裏切り者だ〟とすぐさま切り返されたのが印象的。海岸沿いに城壁がめぐらされ、かって、ローマやジェノヴァに支配されてきた痕跡が随所にみられる。子供や、若い学生も、コルシカに強い愛着があるようで、しっかりした口調で自分を主張しているように見受けた。どこまでも城壁は堅固で地味な色彩に囲まれ、今までの観光地とは異なる重みを感じる。海沿いのアレリアから路線が山間部に伸び、バスティアに及ぶ洒落た路線急行電車も垣間見た。シチリアはフランスであり、またシチリアのようである。学校では、フランス語を教えていると教師が誇らしく言ったのが印象的だった。

9月2日

急に涼しいというか、雨模様。例年、9月に入るとこうなる。3つニュースがある。
上皇が昭和天皇と並ぶ長寿の域に。これ、新聞の29面にでていた。昭和8年、1933年の生まれで、88歳だから、これから最長寿の域に入る。この老生の2歳下で、現在も健在のようであり、90歳を迎え天皇の位にあった方では最年長になられるだろう。心疾患があるので多少の危惧あり。上皇と比較するのは僭越だが、ほぼ同年代を共に生きたことになる。

米軍、アフガン撤退。バイデン大統領は、8月31日、駐留米軍の撤退を完了したと。「国益に合わなくなった戦争の継続は拒否する」と表明。「米国にとって、正しく賢明で最善の決断だ」と声を高めている。米国にとって、20年にも及ぶ最長の戦であった。その功罪を論じるには、この老生には荷が重い。

「パラリンピック」、佳境に入っている。昨日夕、「ボッチャ個人（脳性まひｂｃ競技）」で、杉村君、金メダル。感動した。この「ボッチャ」、かねがねこれは面白いなーと思ってみていた。先天性の脳性まひ、重度障害者のために考案された競技である。運動障害のある人に、微妙なコントロールを要求する。選手の一見、つたなく不器用に見える投球動作に限りない精巧さが隠されており、横の広がりにも妙味があり、かつ縦の空間にも思わぬ結果がもたらされている。勝敗の道が隠されているようで、意外な展開に驚く。手指の微妙な運動コントロールに、限りない人間の可能性を見た。

9月3日

「池袋暴走90歳に禁錮5年」、いたましい母子死亡の交通事故。東京地裁は、「被告は約10秒にわたり、ブレーキとアクセルを踏み違い、最大96キロまで加速させた。」と、判決した。事の顛末、被害者家族の思い、考えればそれでまた悲痛の思いに至るが、この老生の学問上、気になる思いというか疑問がある。この事件、老齢であったことが事件の核心になっている。加害者の老人はブレーキの故障を主張する。

ややも結論となるが、私は〝神経系統の不随意運動〟に起因するのではないかと思う。老齢に至ると、不随意運動が生じ、思うに任せない不意の運動、震え、けいれんが起こることが、稀ではない。精神疾患の介在が疑われる場合、精神鑑定が要求される。同じように、内科系神経系統に、自己意志の思うに任せない行為が疑われる場合、専門医の鑑定が必要ではなかろうか。国には、神経科専門医制度があり、多くの専門医が、老齢の神経機能の研究に従事している。痙性といって、スパズムというが、一連の運動行為中、突然、思わぬ不随意の震えやけいれんが混じて思うに任せないつっぱりをきたす。不随意運動障害である。この老生もかっては、神経科専門医の肩書きを有してきた。さもあれ、個人的には老齢の車運転をすでに辞して、2年になる。が、この事件、重い思いが残る。

9月4日

「菅　総理」、退陣。昨日、息子の車に乗っていて聞いた。今日4日の山陽新聞は、「自民総裁選出馬せず」である。総裁選に立候補しないということは、自民が政権を維持した場合、首相にはならない、なれないということになる。就任1年足らずの短命となる。コロナ対策の失敗を報道が告げ、社民が声を張り上げ便乗している。「コロナ禍」は、何度も書くが、世紀に一度のいわば災害であり、誰がやっても現象の推移は変わらない。些末な政策論議とは次元の異なる地球の出来事である。尾身さんがもっとも正統派で納得の行く存在になっている。彼とて政治家ではない。政治家は真実を語れない。歯に衣を着せ、カムフラージュに終始する。思うに、菅さんもご苦労である。「コロナ」に集中されるのが良い。正しい選択をされたと思う。声を大にしたいが、日本人はあくまで農耕民族の悪弊を脱しえず、島国根性の中にいる。この老生も自信はないが、〝切り捨て文化〟の移動性民族の強さをもっと身に付ける要があると思う。

9月5日

〈ある人の一生〉リツヤベイ（アラスカ）という人里離れた入り江、ひとりの世捨て人が住んでいた。22年、そこで過ごした。彼以外に白人はいなかった。この男の名前はジム・ハスクロフ。１９１５〜１９１７年頃、ボートを漕いでこのリツヤベイに浮かぶ小島にきた。そこで死ぬまでの22年間、ただ一人そこで暮らした。一年に一度、ギンギツネの毛皮を売りに町までボートを漕いで出かけた。塩づけのサバをひとたる買い、過ぎた一年分の新聞をもらい、後は自給自足の生活。それにしても、人間は、なんと多様さに充ちた一生を送る生きものなのであろう。１９３９年、ジムはこの世を去る。ジムが暮らした小島が見通せる岩場に、ジムの暮らした小島が見える。ジムが、なぜリツヤベイに暮らそうと決めたのか。人は、誰もがそれぞれの物語を持ち、それぞれの一生を生きてゆくしかない。彼がこの世を去ったとき、その日はきっと、リツヤベイは晴れていたに違いない。穏やかな日であったに違いない（星野道夫：旅をする木：「リツヤベイ」より、著者抜粋）。

9月6日

昨夜、パラリンピック閉幕。安堵大である。決行されてよかったということか。この老生、開幕には賛同してきた。問題は多いに存在した。社民とか、共産党は反対し続けていた。まあこの方は、何でも自民のやることには反対するからあまりインパクトはない。今日というか、この開催ではじめて「共生」とか、人生の「可能性」、そして「多様性」などを、身近に実感として見たような気がする。メダルにこだわる場面がやや多いのは致し方ないのであろう。日本は、アテネに継ぐ、金13、銀15、銅23。参加した選手は、4400人。残念だったが無観客を通した。テレビ観戦が主体となった。大会前後、ボランティアの活躍が伝えられ、各国の選手、役員に高く評価されているようで喜ばしい。大会自体の、急遽女性参加。橋本聖子会長は終始控え目。コロナの猛威には政府失政ばかりをメディアはつく。誰がやっても、世紀の巨人には勝てない。国民の真に身についた教養、歴史観などの希薄さが目に付く。身近には、見苦しい風評、前時代的な陰険な隣人攻撃などを聴く。私の臨床のすぐそこにその事実が展開する。毎日のごとく、発熱外来に人が来ている。テレビのインタビューに答える若者のレベルはあまりよくない。遊び歩いている者の意見のほうが多いように思ったりする。これら、いずれも耄碌爺の戯言。

9月8日

友人の北村君が、日経新聞の切り抜きで、私が好きそうな箇所と思ったらしく、素晴らしい頁をくれた。紹介しよう。

「人生１００年の羅針盤」という続きものらしい。今日の人はスズキ相談役の鈴木修さん、91歳。例のスズキ自動車の4代目社長。眉毛の白髪でよく知られた顔、実に長寿万歳といった風の方。よく知られている。その方のあじわい深い述懐。

〝座右の銘　やる気〟。「生き抜くことが人生という考え方ですから、そのためには老いていくなか、いつまでも健康でいたいと思います。夕刻にご飯を食べて眠り、朝になったら冷たくなっていたというような『ピンピンコロリ』が理想的です。」「生と死をわけることには異論があります。精神は永遠に生き続けると思っています。私のお墓は生きているうちに作りました。精神は身体の代わりにお墓に宿り、生き続ける。死を恐れることなんてありませんよ」。これが生涯現役の鈴木さんの言葉、もって銘すべきである。

ところでこの「スズキ」、私たち家族には古い大きな記憶がこの〝SUZUKI〟にある。１９６８年、二人の幼児を連れて家内共々、アメリカはウイスコンシン・マディソンに向かった。てんかん病学を深めるための留学である。そこで到着日からすぐさまラジオから入ってきたのが、〝SUZUKI〟の連呼であった。家族全員、言葉の断絶の中、ラジオのスイッチが唯一の到達であり、そしてまた新たな断絶の始まりだった。そこで聞こえてきたのがこの〝スズキ〟の宣伝連呼だった。当時は、シカゴの街路にトヨタの車を見ることは難しい時代である。ただスズキだけがこの耳に入っていた。留学生の身分、私は中古のシボレー・ベルエアという車に、2年半ばかり愛用して過ごした。ウイスコンシン・マディソン在住中、このスズキのバイクを見たという記憶はあまりない。ラジオの〝SUZUKI〟の連呼と、現スズキ相談役の長寿とはどうも結びつかないが、記憶の断片として、同時代人、感銘一入である。（8月27日：「日本経済新聞」より）。

9月9日

〈星野道夫語録〉僕の好きな言葉に、「多様性」があります。遠い自然が僕たちに必要なのは、二つの多様性が非常に大切な気がするからです。その一つは、「生物の多様性」です。例えば、オオカミを見ることによって、違った角度で人間の自分を見る。オオカミがいることによって、逆に人間を見つめることになる。もう一つの多様性は、人の暮らしの多様性です。様々な人間がいろいろの価値観で生きている。自分と違う価値観で生きている人から、自分自身のことが解ってくる。アラスカにいると、そういう多様性の大切さを感じるんです。（……）僕はアラスカに居て、人の暮らしの多様性というものが、すごく解り易い形で見えてくるんです。

9月10日

新聞は毎朝、山陽新聞を見る。今朝偶然、二面の下方、小さな記事が偶然目に留まった。高齢と自治体の長の年齢が書いてある。全国市長会によると、1955年以降、歴代最高齢の市長は福岡県田川市の故滝井善高氏で、03年の引退時は88歳だった。これが目に留まった理由かもしれない。88歳、米寿で市長を務めたということである。この老生も米寿を過ぎて、『卒寿の記』を試みている。比較するわけではないし、職種も異なるので何とも言い難いが、こと臨床になると、まだまだ仕事はできる。いろいろの方がやっている。日野原先生などはその最たるものである。それにしても、公職というのは高く評価される。清貧に甘んじ公共に尽くすの念が尊ばれるのであろう。医療はどうも汚れているようで自慢の対象にならない。あれこれ老爺が言うようで恐縮であるが、「コロナ禍」で毎日、罹患者の年齢別表示に「90歳」枠があり、毎日、それは少ないが、発症者がある。回復されるのだろうか。1～2名（地方の数字）のことだが。

9月11日
米同時テロ、鎮魂の20年。あの朝、勤めがなかったか、家にいて、緊急放送をまぢかに、ニューヨークの惨状を見たような記憶がある。大きな高層ビル、世界貿易センターが、ハイジャックの小さく見えた機体のビルへの突っ込みで、やや間があって一挙に崩れ落ちた。そこに居合わせた日本人、早朝8時30分頃、すでにそこに居合わせた24人の人が犠牲になった。米国のこの20年、取り返しの無効にも近い負債、なお背景にあったサウジアラビアとテロ組織の結合、未解決のまま種々の動きがいまだ続いている。バイデン大統領の「結束」はどう展開するのであろうか。

〈俳句考〉岡山の岸本さんの本、勉強中。「想像の〝像〟は物の姿です。心の中の映像化・画像化を考えの中に置く」。
勉強の効果というのではないが、最近の走り書き。
〈はたとする　ツクツクそばに　鳴き止みて〉
〈真澄なる　百日紅の紅　冴えわたる〉

日本語の英語表示考、続。こだわりの続き。今朝の記事、きわめつき。事は、廃品再生に取り組んでいる方の記事で、お仕事、云々ではなく、その紹介記事である。次のごとし。倉敷市玉島地区の自宅を改装した「イデア　アール　ラボ」近くに設けたマテリアルライブラリーには、色とりどりの布の端くれやプラスチック、針金などが美しく並ぶ。これらを用いるクリエイティブの魅力とは。……因みに、この記事の主人公である夫人には、肩書きが、〝ミュージアム・エデュケーション・プランナー〟となっていた。以下、例示すれば同じようなカナ表記がどこにも散在していた。これはこれでいいとは、この老生にはどうしても思えない。

9月14日
身辺の種々の思いで、特記することでもないが、脳裏に残ったニュースや記事を列挙しておこう。
「滴一滴」より。江戸時代の儒学者佐藤一斎の言葉。
〝少にて学べば、則ち壮にして為すことあり。壮にして学べば、則ち老いて衰えず。老いて学べば、則ち死して朽ちず〟。この老生、卒寿にしてあれこれ学んではいるが、今一度再考の余地あり。

北朝鮮がまたぶっぱなしというか、巡行ミサイルなるものを近辺に打ち出した。何をどうしたいのか、わからない。1500キロを飛んで、正確に命中させたと報じられている。現実対応というよりも次元の違うところでの独り相撲の感あり。差し迫った危機は感じない。実際にこれを実行するということは、威嚇する動物の姿を超えた破滅の民族の姿になるはずである。

スポーツ。大相撲秋場所。貴景勝、カド番、初日、二日目と負ける。前から指摘していた。あの取り口だけでは、やがて負傷する。無理な肥満と、相手は対策を立てやすい。陥落するかもしれない。

もう一つスポーツ。女子のプロ・ゴルフ。稲見萌寧、この人、東京オリンピックで見事銀を取ったあの子。国内メジャー初優勝。この人は私の言う境地なるものを知っているようである。私の言う例のトランス状態に入りきれる子だと思う。先輩の〝不動さん〟(不動裕理)を口にした。シーズン最多勝はそれでよい。私の言う、ジャック・ニクラウス、タイガー・ウッズのあの境地に入ってくれ、ということです。なにか、ここという時に長いパットを入れる。まぐれではないもののことである。〝楽しめた〟に近い境地に入れるアスリートのこと。

9月15日

今年の「敬老の日」は20日。今日の紙面には、厚労省が発表した長寿のことが出ている。全国、100歳以上最多8万6510人になったと報じている。多いのかどうかということよりも、100歳という高齢が身近に現実化してきた。しかし、どうも自分には当てはまらない。100歳生きる人は自分の如きものとは異なる種の人と思ってきた。女房は、お父さんも近く仲間入りだねと言う。自分はどうもやはり無関係のような気がする。体調に変化はなく、間質肺炎の残渣がレ線に残ってはいるが、諸検査もまあまあの閾値。こうして『卒寿の記』を書くのを楽しみにしている。この作業の先に100歳の塔があるのかもしれない。しかし、どうもまたぴんと来ない今朝の思いである。

9月16日

「池袋暴走　控訴しない方針：90歳被告　禁錮5年確定へ」今朝の山陽新聞。実刑判決が確定する。加害者老、「遺族に対して申し訳ない。判決を受け入れたい」と。

先日のこの卒寿の記に書いたが、この高齢にあったかもしれない不随意運動の可能性は、法廷では、「パーキンソン症候群」の疑いとして、裁判上争われていたと書かれている。私の付言は、四肢のこわばりの中で、自分の意のままにならない痙縮の如き症状であり、このこわばりを元に戻せないツッパリをきたした可能性もあるということを言いたかった。この顛末をこの老生がとやかく言うのも出過ぎたことであり、差し控えたい。刑事訴訟法によると、「著しく健康を害する時や生命を保てない恐れがあるとき」、「70歳以上」の場合、刑の執行を停止できると規定されている。この老人、70歳どころか、すでに90歳である。同じこの老生90歳で、昨年少々遅かったが、運転免許を返上していて、家族は納得していたところである。いろいろあるが、やはり、運転を返上しておられれば良かった。亡くなった婦人と子女、残された夫の苦痛は日増しに増大していくだろう。一方、この老人は残りの何日になるのか、90歳を超えた日数を獄で過ごされる、これはできないだろう。急速に死を呼ぶことになる。5年の実刑は死刑ということになろう。自宅で静かに刑を背負ってほしい。

9月18日

「台風14号」は、今朝、四国を抜けた。岡山地域に大きな被害はなかった。おかしな台風で、今まであまりこのような変則を知らない。報道も戸惑っている風。思うに、気象自体の変化だろう。素人だが、年の功で言わせてもらうと、地球温暖化とか、もろもろの地球上の変化で、季節があいまいになり、気圧の変動に予測を超えるものがある。そして、予報情報が過剰に災害防止に神経質で、無意味な聞き苦しい繰り返しに終始する。画面に過剰なニュースの介入が続く。

最近の台風を見ていると、どうもかっての台風のごとく、平面線状的な広がりのような特徴を持っていないように思える。最近でも、「湿舌」が思い出されるし、「線状降水帯」とか、局所的で予測を超えた突出現象がみられている。前にも何度か書いたが、〝梅雨〟、秋雨前線など、なにか詩的で俳諧めいた言葉がそぐわない現象になっている。気象庁にも日本的なお役所の縛りがあってご苦労だが、それこそ時代の要求である変革をもっと意識されてよい時になっているのではなかろうか。日本古来の表現も必要だが、地球上に氷が消えるかもしれないとまで言われている。梅雨入り、梅雨明け、……など、気象庁管轄らしいが、古語に近い繰り返しはぼつぼつ中止されてはどうか。どこまでも耄碌の苦言である。

ご容赦を。

〈星野道夫語録〉「南東アラスカとザトウクジラ」より。

弥生時代を考えたとき、それが千八百年とか二千年前の遠いい昔の出来事……実はそんなに古いことではない、……自分が今ここにいて、その前に親がいて、その前にまた親がいて、そういう人の一生を繋げていく……と、弥生時代なんていうのは人間が一列に並んだら六十人から八十人くらいが並んでいるに過ぎないのではないか。……人間の歴史とても短いような気がして……。一万年だったら、人間の歴史を遡ることで本当についこの間のことのように感じられる気がするんです。

自然科学というものが非常に発達して、僕たちが一体どういう生き物であるのか、なんであるのか、少しずつ解明されてきている……しかし、そういった科学の知恵が、なぜか自分たちと社会との繋がりを語ってくれない、……どんどん自分のことが世界と切り離されて、対象化されていく……自分たちの精神的豊かさがなくなっていく……自分たちを位置づけるためにどこかで神話の力を必要としているのではないかと……思っています。……そのなかで、非常に大きな意味を持つのは、〝抑制〟ということだと思います。……神話はそういう力をもっているような気がします。……（しかし）こういった神話、自分たちの神話というものがもはやない、そのことがやはり非常に何か不安というか、自分たちをどうやって世界や宇宙の中で位置づけていいか、わからなくなっているのではないかという気がしてならない……。本当に人間というものが進化していくものであれば、今がやはり人間がかわろうとしているときのような気がして……その進化は意識の変化だと思う。漠然としているのですけど……まだ僕にはよくわかりません。……これからもアラスカの自然とかかわる中で、なにかそのきっかけとなるメッセージを送っていけたらと思う。

9月19日

台風一過ではないが久方ぶりの青空、湿度低くさわやか。向かいの家の鳥かごからインコが飛びでて山に入っていると子供の騒ぐ声が聞こえる。

「NHK俳句」を聴く。「九十の　身を白帝に　委ねけり」というのがあった。白帝は、西方、または秋をつかさどるの意で、天の主神。古代の天の信仰の最上神である。万物を創造するものである。作者は90歳、吾輩と同年と思い、目に留まった。身を神に委ねる秋なのであろうか。

白作　〈秋の夜に　漢字習うと　孫の言い〉灯火親しむ秋である。孫も少し思うところありなのであろう。

9月21日

「大相撲秋場所」貴景勝、わが予測に反し、何とか立ち直ってはいる。だがである、どうもあの奇妙な顔つきはどうだろう。ふてているのでもない、思わせぶりで、こういうのを日本人の甘えという。負けたときの準備をし、何か言えないものがあって、大変なんですよとでもいうような顔つき。

ともかくなんとか勝ち越さないと陥落ですぞ。

9月22日

〈米大リーグ〉大谷君、55号、〝球をつぶした〟と、監督がその強打を表現した。今年の最高殊勲選手の候補になっている。ともかく、残り10試合。投手10勝が必須の条件のようである。なにか、ドキドキする。55号の瞬間、偶然テレビを覗いた瞬間だった。最終打席、13時過ぎだった。

9月23日
秋分の日。立待月、とか。彼岸の中日、この日より夜が長くなる。先日、21日だったか、中秋の名月というから、暮れてから見た。南東の空、クスノキ越しに黄色に輝いていた。身辺、息子の9・14、誕生日を忘却していた。今朝思いだす。少々すまんという気持ち。もう60に近いはず、57歳だろうか。先日、女房は、洗濯物を干しに庭に出て、前のめりになり、石垣に顔面をぶっつけ額に傷、梅干しをつぶしたような傷を残し、一週経った今、歌舞伎役者の何というか、あの目元の八の字の充血が残り、顔面上半分に浮腫がある。年寄りの普通の出来事だが、数年前、我も前のめりの突っ込みから、瞼を切ったことを思い出す。転倒は老齢必須の出来事、なにか忍び寄ってくる気配を感じる。

9月25日
〈TV瞥見〉このところ、いやもうずっと前から、NHKのTV、再放送の「再」ばかりを見ている昨今、時にはこの記事のように、この老生の気に入る番組に遭遇することもある。

『世界ふれあい街歩き』である。昨日、そして2、3日前だったか、イギリス・ジャージー島とスペイン・セウタを見て引き付けられた。事は、西洋歴史（かって学生の頃、〝西洋史〟という科目を思い出す）である。〝ジャージー〟はすでになじみのある名称。これがイギリス領として、フランスのあのノルマンディー半島、サンマロ湾に、一つの島として、フランスの奥深くに入ってあるとは今まで知らなかった。島の人たちはなんと誇らしげに、イギリスを守っているかのごとき矜持を示す。英語もどこか豪州の英語に似ていて、dayの発音が〝ダイ〟に聞こえた。あのジャージーもこのジャージー島に由来しているのだろう。歴史に疎いので恥ずかしいが、かのケルト人のフランス侵入に関係するのだろうか。勉強したい。

もう一つ、ジブラルタル海峡のアフリカ側、なんとスペイン領になっているセウタという街がでた。元よりよく知らなかった街。スペイン領である。スペインがこのモロッコの先端でにらみを利かせている感じ。ごく普通の人が、道端で、出入りの人たちの荷物を覗き、検閲している。いい加減な形式的なもののようであった。人々はアフリカの気風か明るくよく喋る。モロッコを感じた。モロッコもスペイン・イスラムの角逐の深く長い歴史を持つ。このセウタとかいう小都市に西洋史の凝縮がみられるのであろうか。もっと知りたくなった。

9月28日

大相撲、白鵬の引退声明。なにかヤレヤレというのが実感。稀勢の里のファンだったから、随分長い間、この白鵬なるものに、本当に長い間、憎しみにも通じるような敵対心をもって見てきた。この間、好きだった相撲も見ないようにしていたほどであった。史上最多45回の優勝。稀勢の里やっと2回である。前の『米寿　そして』に書いたが、この白鵬の嫌な一面、もう二度書くのもこちらが意識過剰で負け犬の感がするのでやめたい。が、独善的な言動が目立ち始め、立ち合いを有利に展開する張り手、かち上げなど、横綱を汚す挙動が繰り返されたことを書かざるを得ない。２０１３年九州場所、稀勢の里が勝った時、館内に万歳三唱が起こったのを見ていた。何とも言えない負け犬の遠吠えの感もした。この項、終わりにしよう。彼も日本人となり、まだ36歳、もう一つの人生が始まったばかり。この世界が終わりとは、プロスポーツのなかでも特殊な世界であろう。時の天才翔平大谷は現役を終えても後に続く世界は洋々たるものがあろう。相撲は古式で時代錯誤もまた格別。いとおかし。

10月2日

この一週間、あわただし。自民党総裁選挙、広島の岸田氏が、河野さんを抑えて勝つ。この爺は、河野さんかなと思ったこともある。岸田氏は、どうも官僚臭く、すこし公式的なタイプと思っていた。どうやら根回しが効いていたようで、その効果が出た感じである。元よりその裏のことはよくわからない。ただ私を納得させた岸田語録で、みんなよく咀嚼するべきは、彼が、ちゃんと〝新資本主義〟を明言していることである。共産主義ではなく、資本主義の続投である。成長と分配に強い道筋をつけるということであろう。自衛隊問題や、憲法改正の必要性がせまっている。資本主義の延長、充実が日本の生きる道である。人類は決して正しい方向というものは持っていない。是々非々、良識の維持が必要。他との競合によって矛先は変化する。憲法擁護の正義論も勝手な空論であろう。この爺は、決してタカ派ではないし、世界史に通暁しているわけではない。人々の中で、ひとりの卒寿の人生観、体験から、この辺がまあいいか、といった範囲の述懐である。人生、いろいろあったが、一貫しているのは、人生、努力である。人生を学び、教養を高め、生活を豊かにする収入を得なければならない。努力と意欲が根幹にもとめられるのではないか。何もせず、努力もせず、それで豊かさを求めるのは虫がよすぎる。

〈照り返し　百日紅　また咲きて〉

〈友なきや　カタツムリ居り　石の上〉

〈出口なく　天窓厚し　蝶乱舞〉

友人北村氏、なんと素晴らしいアケビを持参。驚嘆。渋く、薄い紫色の皮に包んだ豊沃の実がこんもり。遠い子供の記憶がよみがえる。わが東城の里辺りでは、秋のアケビは近く、なにか里山の詩情を引き出すものがある。ここに今、これが再現されていて、しかもまだ見たことの無いほどの充実の果実を眺めている。容易には食べられない。句、今、出ず。

10月3日

〈TV「小さな旅」〉松前昆布のレポート。松前が、北海道南端の街で、最南端であるということは知らなかった。津軽海峡から日本海に至る最南西部である。沖合に島があり、小島という漁場がある。〝松前漬〟はまえから長く食卓にあったので食べてきたが、松前の地誌は意外に知らなかったので興味深い。海底20ｍと言ったか、50ｍだったか、今想起できないが、1時間弱潜水し、その間、持ち込んだ紐で昆布をくくり、その間まとめられた昆布をひきずりながら業を終え海上に戻る。これにも経験の差が出るらしく、息子が父親の技に尊敬を払ううらやましい親子関係が映されていた。

この放送の前、これも北海道、湧別川の野鳥の群れも見た。どうも景色や詩情は北海道が独壇場、ここもまた失われていくオホーツクなのであろうか。

〈コロナ禍〉終息に向かう気配。東京でも100～とかの発症者になってきた。この老爺の見解は、これまでにあちこち書いてきたが、大体において予想してきたように推移した。第4波、第5波の発症者グラフの示す棒グラフ、典型的な推移の山を示している。自然の現象推移であり、人知を上回るものであった。コロナ禍への政策の失敗と、よくわかりもしない野党の政治家がわかったような発言をしている。

このコロナ禍で、国情の違いを以前この爺が指摘してきたが、国の総人口が異なるものの、アメリカでは死者が70万人であり、日本は1万5000人である。どう思われるか。結果は、片や切り捨て文化、片や農耕民族の祈願形態、政府の政策を上回る事態であることを認識されたし。

本当に言いたかったのは、次の語録。

「事の推移には、天の経過在り」である。

久しぶりに多和田葉子を読む。アケビ持参のK氏が、私の読書歴を知っていて、最近の多和田葉子、『穴あきエフの初恋祭り』（文春文庫）短編集をくれたもの。この『穴あきエフ』は、「文学界」、2011年1月の初出である。すぐさま読了したが、よくわからなかった。場違い、的外れかもしれないが、単語が音であり、聞く判断によって異聞となるような世界だった。音によって、聞く耳によって、表現は屈曲する。であるから、読む者の感得は自由であり、また作者の意図もよくわからなくなる。これが解らないのでは、多和田文学落第だろうか。この本の他の6編を読むつもりではある。

10月4日

早朝TVを見る。大谷翔平の今シーズン最終試合。いきなり、1番で46号が出た。が、ここまでだった。それでもMVPの候補だと、先輩トラウトは言う。多くの讃辞がある中、同僚の言のなかに、「子供に限りない夢を与えた。二刀流は子供の夢になる。出来ないと思われていることを簡単にやってしまう彼、翔平に脱帽する他はない」というものがあった。

10月5日

「岸田総理」・内閣誕生。はやくも種々の品定め。女性の大臣が3名で少ないとか、安倍・麻生の亜流、など。人材は体制が選んできた議員の中から選ばれる、これは当然。代わり映えしないのもこれも事の前に決まっていたこと。すべて、ソースが同じだから味も同じになる。していない期待を書くのも新聞の宿命。閣僚、やや私大の出身が多い。早稲田・慶応とか。女性の人数はこの程度になろう。逸材がまだ育っていない。評論家の言もわれわれレベルの感じ方と大同小異。『放った言葉の具現化』がタイトルになる。新聞論調も含め、この種の専門家の言は、この爺の天邪鬼論議とさして変わらない。ああ言えばこう言う。この爺は、これまで政治家はほら吹きで嘘をいうのが仕事だという落語まがいの巷論議を信じてきた。岸田さんは、〝人の話をよく聞く〟というのが自分の特技だと自賛した。これはすこしどうか、と思う。政治において、人の話をよく聞いて、そしてそれをすぐさま実行するわけにはいかないだろう。わが方面においては、優れた精神療法家は、病人の言うことをよく聞き、聞き上手になる医師である、ということになっている。つまり、悩みを受け入れ自分のものとして同化する、ここに優れた療法家と言われる所以がある。政治家が、このようなことを行うことはできない。簡単によく聞いていては、もともと商売にならない。個人化にしてはいけない。聞いた風をまじめに示し、共感を示し、頑張ってみましょう、期待してください、ということを熱心に答える程度が肝要なのである。言行不一致のバイアスは政治家の常道である。どこまでも、民主主義の中での大勢の合意であるように努めるのが筋である。〝自分の言葉で〟という注文がある。しかし、自分の言葉というのは政治の世界ではタブーであり、土台あり得ない話である。芸術文化の創作とは異なる。ひとつの筋道に多くが先を争い、行く先が人ごみに紛れ解らなくなる日常。ここに人を引き付ける言辞があるとすればそれは扇動になる。〝新しい資本主義、成長と分配〟くらいが、まあいいか、ということではないか。岸田総理を持ち上げているつもりはない。適当なところで期待していかなければ、老いの日常は不穏になる。

10月6日

『ノーベル・プライズ』日本人真鍋淑郎氏に。物理学賞がやってきた。すでにアメリカ国籍を持ち、夫人と米国ニュージャージーに在住。愛媛県の出身。驚いたのは、先生昭和6年生まれ。この老爺と同年。びっくりは現在90歳であり、まだ現役であるという驚きであった。事の発表は、50年前、1960年頃にはすでに現成果の研究を始めておられたと聞く。仰天である。東大も自分と同期、理科Ⅰ類に入学されたと思われる。研究の主体が気象変動など、巷の話題に近い。地球現象の予測を理論化されていた。発表後、数十年にわたり実証を得たものである。当初、海洋と大気がテーマであった。そして相互作用をドッキング。地球温暖化の長期的現象を予測した。並の人ではなかった。二酸化炭素と地球温暖化は当時不明確であった。今やその研究成果は、我々茶の間の現実となり、国家単位で無視しえない現実対処の基礎となっている。テレビに映る氏には、90歳にしてなお衰えぬ生気を感じた。我がことのごとく、今日の日の安堵を覚える。

10月7日

「津山女児殺害」で逮捕されていた被告が「現場にも行っていない」と、今になって否認している。この事件の詳細はここに書くこともできないが、テレビに映った被告の特有の顔貌から、臨床経験の一端を思い出している。的を射たものであるかどうかはわからないが、臨床体験の一端を書き留めたい。精神症状に空想虚言(註)というのがある。人格障害や、妄想性障害において、稀ならず認められるもので、頻度はというと、部分的には稀ではないが、まとまったストーリーとなって語られるものにはあまり遭遇しない。この種の症状は、対面すると、他の症状もあって空想虚言であるとすぐにわかる。今回の裁判で、どういう経過で被告が被告になったのかよく知らないが、すでに別件で服役中に逮捕に至ったものと聞いている。弁護側は、物的な証拠もなく、本人はその場に行ったことはないと言い出している。証拠の一切を認めなくなっている。この記事を見ていて、「空想虚言」を思い出した。この熟語が全く当てはまらないことを祈るが、少々気になる。この空想虚言についての臨床を思い起こしてみると、その場ではまるで事実のごとく、むしろ楽しんで語る。相手をうそぶくというか、滔々と語りだす特徴を持つ。今回の追及の過程で、取り調べ中、更なる重罪を語るというのは論理に合わないが、時にこのような不条理がみられる。今回この種の「虚言」を言い始めたのかどうか、もとより小生にはわからないが、あの被告の風貌を垣間見て、ふとそのような臨床経験を思い出した。当てはまったものではないことを願う。

註：空想虚言 pseudologia phantastica：顕示欲が異常に高い者の場合などに、時として、虚言、自慢の

言葉がみられることがある。特に嘘が非常に巧妙で、ときに本人も嘘をつくうちにその嘘が本当にあったことのように思い込んでしまうほどになる場合に名付けられた。１８９１年、デルブリュックという人が命名している。自己暗示から、虚構のものを事実のごとく信じ、いわば自己催眠的に事実に反することを述べる。重度の精神病者や異常性格者、脳器質障害者に時としてみられる。筆者も、現役中、時にこの種の空想虚言に出くわしたことがあった。精神鑑定の事例であったことも思いだされる。

『アユモドキ』国天然記念物の淡水魚にこのアユモドキのことが出ている。アユモドキは、岡山県と京都府でのみ生息が確認され、環境省の絶滅危惧種に指定されている。ここ岡山の瀬戸町万富にある千種小学校のビオトープ（動植物の共生空間）に校内でふ化させた稚魚30匹を人工池に放流したとのこと。うまくいけばよろしいが。来年6月には産卵行動の有無を調べるとのことである。ところでこのアユモドキ、〝もどき〟であり、本体自身の名前はないのだろうか。アユに似ているので、アユモドキ、そしてもし絶滅すれば名前のないまま姿を消すことになる。消す前に、「もどき」をとり、何とか名前を与えておいてもよいのではないかと思ったりしている。門外漢の余計な詮索だろうか。

10月9日

先日、すぎやまこういちさんが死去した。実は、このニュースの時、この作曲家がぴんとこなかった。90歳で死去とあって、先だってのノーベル賞の真鍋さんの90歳、わが同年齢と相まって、注目した次第。今、このすぎやまこういち氏の2016年9月、最高齢でゲーム音楽作曲者として、ギネス世界記録認定時の写真をみていて、デジャブーを覚えた。その特徴ある笑顔を想起している。ザ・ピーナッツの曲などの記憶である。最近、有名な方が、続々卒寿で勲章や創作の栄誉に輝いておられる。なにか、心強くそして、高齢がごく普通の年齢になってきている実感を覚える。まだもう少しはやれるかなという鼓舞になる。

10月10日

〈TV さわやか自然百景〉新潟、阿賀野川、信濃川河口の北、30㎞はあろうか、日本海にポツリ、粟島なる島あり。初めて知る。漁港もあり、人々の生活もある。今回は海鳥というか、鳥の名前は忘れたが、ある鳥類の生存可能な最北端だという。親鳥が南に避寒し、しばらくして子供たちも後を追うように南へ向かうそうである。佐渡はよく知られているが、この粟島は知らなかった。赤い航路が示され、粟島灘の地名が書かれている。

〈読書散見〉沢木耕太郎『作家との遭遇』より。

「人生とは、実に呆れ返った実在だ。僕らはみんな、こいつに向かって、何処までも追い立てられている」小林秀雄：『ゴッホの手紙』。

10月12日

〈女子ゴルフ〉一昨日、最終日だった「スタンレイ・レディースゴルフ」で、岡山の渋野日向子が復活優勝。〝復活〟は新聞の見出し。2年前、この人、メジャー（全英）を手に入れた。この爺の前著、『米寿　そして』の8月6日に、やや詳細に自分の感想を交えて書いている。今回、最終日、10アンダーで並んだ4人のプレイオフを制した。そのメンバーをみると、渋野君が勝ったのも何かわかる気もするが、記事を読むと、最近用意しているウエッジ2本の使い分けで、１００ヤード前後のショットに切れ味を見せバーディーにつないだ。その際をみていると、あとのパッティングに流れが出てきて、下りの１ｍ前後が吸い込まれるように入っていた。これが私の言うトランス状態に入る心境のことである。ここに到達しないと勝てない。久しぶりに味わった感触は、無意識の境地と楽しむ無我の境地のことである。涙を流していたが、感激はそれまでにして、別世界にトランス（移る）できる境地の習得に精を出せ、と進言しておく。

〈NHK・TV　世界ふれあい街歩き〉何時頃放送されたものだろうか、再放送だろう。メキシコシティが出ていて、小川というか、公園の中の流れに沿って作られている花壇。小さな区画が輪郭をされそこにどろどろの土を流れから掬い取る。有機性廃棄物そのもので随分不潔な様子に見える。ところがこれが自慢の文化になっているらしい。泥の文化。ソチミルコという。「泥とともにある。自分はそれ以外の何物でもない」と、自信に充ちて、作業者である街の人が言う。そのそばで、街の老年男女がメキシコのダンスを踊っていた。

10月14日

「津山女児殺害」における被告の言辞について、精神病理学側からの感想を先に書いた。今日、「神戸5人殺傷　無罪主張」、弁護側「心神喪失」の記事を見て、再度、精神医学からの発言をしたい。私も長らく「精神鑑定」という業務をいただき若干の経歴がある。２０１７年、神戸市北区で、祖父母や近隣住民ら5人を殺傷した事件があった。今回、初公判があり弁護側は心神喪失状態にあったとして無罪を主張している。この事件が報道された時、罪状から、重度の精神異常に基づくものであろうという直感を覚えた。被告には、幻覚妄想が存続していた。以前、私が法廷に立たされた時、決まって問題になるのは、犯行時における被告の是非善悪の弁別能力である。しばしば、被告は殺傷という行為の善悪弁別能力は十分持っていたのではないか、平素、統合失調症を病んでいたとしても、人を傷つけることはよくないという常識を維持していて、十分な責任能力を持っていたのではないか、という結審になることが多かった。ここからやや結論を急ぐことになるが、わたくしサイドから言わしてもらえるとすると、平素日常においては殺傷が犯罪であるという常識は自覚されているが、犯行時には、情動のあまり、是非善悪の弁別ができなくなっているということではなかろうか。この事件の詳細は不明だが、同種の事件を想起してそう思う。くりかえしになるが、平素の是非弁別が、いざ犯行という事態においては情動の極みに在って失われていると、私は思う。この「神戸の事件」における被告の行為は心神喪失(註)下になされたものと思われ、責任能力は問えないのではないか、と思う。この事件では無罪が主張されている。やや先走った意見であるが、長年思ってきたことでもあり、一私見としたい。

註：心神喪失の用語は現在使われていない。責任能力の失われた状態。

10月15日

昨日、衆議院が解散した。最も長い任期だったらしい。ほとんど満期に近く、戦後初めてというから、この面では世情の喧騒をしり目に、長寿だったことになる。

この「長寿」の話題。「ワシントン発」。宇宙船ニューシェパードが打ち上げられ、「スター・トレック」でカーク船長を演じた俳優ウィリアム・シャトナーさんの乗ったカプセルが宇宙空間に達した。この船長、90歳で最高齢である。この空間快挙、すぐさま呼吸機能のことを思った。

そう言えば、昨日の衆議院選挙の第一声か、維新の会、片山代表を見た。彼は、岡山出身で、朝日高校。我が同輩の医学部山麓会（昭和36年卒）の者と同級だったことを知っている。だから、私の90―5＝85、85歳になる。この方も元気そうな声を放ってはいたが、どうも少し、顔色に冴えないものを見たように思う。大丈夫か。それにしても、彼がどうして今、大阪中心の「維新の会」の代表になったのか、その経緯をよく知らない。この党の〝是々非々〟なるテーゼには共感を覚えている。

10月16日

「瀬戸大橋　通行2億台」(山陽新聞)。瀬戸大橋の通行台数が昨日で2億台を突破したと告げている。思えば二つの思い出が今よみがえる。開通は1988年4月とあるから、自分が香川医科大学に赴任して、7年目で、次男がまだ医学生だった。大橋開通の2日目、息子を乗せこの大橋に向かい、なんと6時間を要して高松に着いたのを思い出す。以来、33年6ケ月の時が経過した。

そして、そのあと。2年後、母危篤の報があり、この大橋を走った。さいわい、母の臨終で両手をもって母の手を握ることができた。大橋がなく、連絡船で帰郷していたら、母の最期に間に合わなかったであろう。ただ残念なのは、母が健在で90歳になった時、この瀬戸大橋を通ってみたいと言っていたのを果たせていないことである。この大橋誕生もわが人生のイベントの大きなものの一つとなった。

10月18日

急に冷え込む。11月中旬の気温。布団、セーター、取り出す。ここ4～5日、身辺少々のことあり書いておきたい。

衆議院選挙は、あまり関心がわかないので、近く自民の審判があるとだけにしておいて……。


「横綱白鵬〝孤独〟の14年（TV）」。稀勢の里を阻んできたので、この老爺にはいつも敵対心があり、嫌いだったが、いまさらながらその強さは比類ない。この人の足跡を見ていて、つぶやきの中に本音があったように思う。つまり、「横綱は負けたら引退」という強い思いであった。そんなことは実際には無くて、2敗や3敗しても、優勝はできるし、引退勧告などはない。優勝回数こそ減っていたかもしれないが、大鵬を上回ることになっていたはずだ。負けたらお終いという迷妄にも似た信念が、ついには、あの汚い相撲になり、あからさまな勝ち名乗りになった。張り手、かち上げ、見苦しい限りだった。日本人になりたくて随分迎合的に終始したことも、その振る舞いにちぐはぐな結果をきたしている。今、なんとまだ36歳である。これからの余生の方が長い。日本相撲道をこれからなお半世紀にも及ぶであろう人生においてどのように成し遂げていくのだろうか。

「日本オープン・ゴルフ」池田勇太が3回目の偉業に挑んだが、ノリスとかいう変な御仁が割って入ったものだから惜しかった。ただ彼の言が気に入った。〝プレイは観客と共にある、そういう中に自分の最高を見せたい〟と。「コロナ禍」の中に生まれた言辞と思うが、好漢、さらに上の境地に到達してほしい。因みに、日本オープン、3回優勝は、ジャンボ尾崎、中島の二人のみである。

10月19日
〈瞥見2題〉
〝いくつになっても、燃え盛れ、荒れ狂え、怒れ、怒れ、死がいつか来るにしても　怒れ！〟ディラン・トーマス

Stay hungry, stay foolish（ハングリーであれ!愚かであれ！）Stebe Jobs.

10月21日
久しぶりに、多和田葉子を読む。『穴あきエフの初恋祭り』文春文庫の第一話。『胡蝶、カリフォルニアに舞う』である。いきなり、英文字であるらしく、I（アイ）で始まる。多和田葉子だとすぐさま了解という感じ。当初、女性の〝私〟と思いつつ、男の主人公とも

読めることに気づく。自我拡散の筋である。この作家特有の体験を隠しがたい。海外、特にドイツに赴いた彼女、男女を問わず自分のことは Ich イッヒである。日本の〝私・わたし〟という女性の表現はないだろう。自分の中で、自我があいまいとなり、Ｉも男の運転手も、変身している。女性専用車は混とんの様となる。

恐らくとしか言いようがないが、作者のドイツ永住の初歩、言語と自我の不具合の混沌が生んできた一連の多和田節が聞こえてきた。なるほど！と感嘆している。

去る10月に読んだもう一遍の『穴あきエフの初恋祭り』の読後には次のような感想を書いていた。……よくわからない印象。多和田流というか「言葉」で成立させようとする世界のごとくである。耳から入った言葉の意味に漢字を当て筋をつける。聞いたとおりに判断して行く筋道。音の表記がさまざまに表現される。そこに意味付けが行われる。そこに詩を産もうとしているようにも思える。もう一度読まないと、どうもよく理解されていないように思う。

〈身辺〉このところ吾輩のことについては触れていない。いろいろ書きたいことが多かったので、老爺の戯言は控えていた。16日、(土)には、(山麓会)があった。とうとう10名の参加者となった。私が90歳で最年長。白髭建郎君が5年半若い。半分は難聴者。大きな机でマイクを使って近況をそれぞれ述べる。岩国の三井君の締めで、まあ難なく終わる。我が息子は、コロナ衰退とは言え、医者仲間が飲み会に臨むとはやや問題ありとの通告が前もってあったが、こうして終わり、後遺症は今のところない。ぼつぼついいかという難波会長の決断だった。確かに、気にはなった点である。さて、同輩の評価だが、この老爺は、〞ほとんど変わっていない〟という指摘を貰った。姿勢・物言いなどについてだそうである。今回、身近だった者の死を知った。どうして、どのように、それぞれ相前後して姿を消していくのだろうか。なにか寂寥が忍び寄る。約束事もない。順番でもない。思わぬ終わり方、そうだったのかという思いが錯綜する。〞来年また会おう〟という閉会の辞は健忘の者の集まりにも残っていくのであろうか。

〈衆議院選挙〉　どうでも良いというのがこの老いぼれの感想。世の中、なるようになるというような諦念ではないが、あまり変化してほしくない。もともと保守的人間である。今回、「コロナ」で政権は世紀の変動に隠され、ほぼ4年の会期を全うした。解散という常套手段もなく、あまり交代を望むほどの失政はなかった。岸田さんがやればよい。この爺などはあまり変化は望まない。この程度でよろしい。社民・共産の混ぜ飯には食欲はない。今のままで死にたい。一言、枝野さんの絶叫に、かえってヒトラーのことを思い出した。果たしてこの精悍の雄叫びに若者は感応するだろうか。自分は今、低所得者ではないが、1000万以下の部である。1000万円あたりで、富裕者と低所得者を境にして人気を得ようとしているが、論説の基調を妨げる枠づけではなかろうか。資本主義社会では、優秀の者が出世し、収入もよろしいという世界である。励み、努力、資質を無視して、いっぱひとからげに財閥、富裕者、1000万高所得者、等の区分けを見ると、政策論争ではなく、言葉のばら蒔きで、ターゲットも不明確でよくわからなくなる。老人は保守的である。政権を手にしさえすればそれでよしは困る。

10月22日

この前の「同窓会」で、自分の墓を敷く話をした。今のところ、近くの仏心寺に墓地があり、そこにしようと思うことを話した。ここは、昭和50年、岡大精神科に復帰したとき、一家を構える気になり、この仏心寺寺社領の分割ローンを組み、すでに造成40年を超えている。つまり、この墓地のそばにほぼ一生の家として今日がある。そこで、当夜の隣席で、白髭健朗君が自分は墓を新たに造成する気はない。息子がひとりあるがとても死後の供養などをしてくれることは考え難い。墓地に要する費用をそのまま息子にやる方が喜ぶだろうという。なるほどである。少々うろたえた。私の郷里は備後東城町東城で、先祖の墓は千手寺に広く敷かれて今もある。自分は郷里を出た者だから、そこに帰るという気もないし許されないかもしれない。従って、ここ岡山に墓をという気持ちはごく自然だった。世に〝散骨〟とか、納骨堂とか、種々没後の意志が語られる。きわめて新しいアイデアには、この小心老爺には遠い感覚である。建朗君の言のごとく、自分の死後は、一握りの骨が、どこか身内のそばに置かれていればそれでよし、そのあとどうなるか、所詮知る由もないと言う。これは少々考慮に値する。しかし、今のところ、小さくてもよい、自分の墓地を作り、せめて女房・息子一家の来るのを待ちたいと思っている。

10月24日

〈スポーツ満開〉　松山英樹、ZOZO米ツアーを制し優勝。米ツアー7勝になった。今回は日本での試合。習志野カントリー。最終18番で、私の言う例の「境地」に入っているのをこの目で確かめた。勝つうえでの条件、私の言う〝境地〟、無我に入ること。ラフからの第2打を打つ頃から、なにか湧き上がってくる雰囲気を画面に感じる。引き締まった顔貌から250ヤード前後を2オン。そしてイーグルを成就。この一連の数分にあった彼の形相が境地にあった松山英樹であった。ここという時にこの「境地」に入らずして優勝はない。

10月28日
ここのところ身辺少々あわただしい。衆議院選挙は31日、投票。自民守れるかが焦点。コロナも下火になり、対策への論争も宙に浮く。社民のばら蒔き公約の、給与を上げる、税金を下げる、消費税を凍結する、結構なおぜん立ては果たして実現できるのか。財源は?、財閥・富裕層にご負担を仰ぐ、無理だろう。民社・共産との共闘は、ただ勝つための方策。空中分解の可能性大。岡山5区城が崩落すれば、世は変わるかも。この老爺などの古城がなかなか頑固ですぞ。
皇室の眞子さん、記者会見する。自分の方から準備した5分ずつのメモを読んで終わる。周到な用意のもとでの会見。眞子さん、なにか怒りというか、不満の表情が見て取れる。民間人となる、もう結構です、騒がないでください！とでもいう顔に見えた。眞子さんに、病名がついている。複雑性PTSDだそうである。心的外傷後ストレス症候群に、〝複雑性〟がつけられている。単純な通常のストレスではなく、コンプレックス、重合を冠したものである。一般の民間人となるので、もうこれ以上騒がず、私たちをそっとしておいてくださいということだろう。しかし、事は皇室の存在に発している。民間人に起きたとすれば、ごく普通の出来事で珍しいことでもない。であるから、皇室に起こったこととして、人間性という見地プラス国家体制にまで波及する要素を持った出来事と受け止められねばならない。そういう生まれ合わせだから、皇室を離れて自由になれるという振る舞いへの正当性には異論が生じる、ということだろう。面倒になった。もうここでやめる。

プロ野球。オリックスとヤクルトの最下位からのリーグ優勝が決まった。画期的なことである。下剋上とか言っているが、そういう言葉は当たらない。オリックスはもと阪急、ヤクルトとて、古田、野村さんとの優勝など、赫赫たる戦歴を思い出す。我が若かりし頃の最大のプロスポーツであった。当時、プロ野球・大相撲だけがテレビにあったと言っても過言ではない。

10月31日

今年は、キンモクセイが咲いていないという情報があった。ところが、今朝窓を開けたとき、我が家のキンモクセイ3本が花をつけている。これまで、我が家のキンモクセイはダメな植木で少々うんざりしてきたところである。早速、嗅いでみたが匂いはあまりしない。向かいのIさんのキンモクセイは強烈なにおいを発して、毎年うらやましい気持ちだった。

我が家のもの、3本そろって咲いたのは、30～40年来、初めてである。剪定時期などによるのだろうか、咲く木と咲かない木があるとも聞いている。今、蕾たわわの子枝をコップにさして眺めている。匂って来るだろうか。

因みに、キンモクセイは雌雄異株の〝匂う花〟をつけると本にある。桃黄色の花を多数束生する。後刻、取り込んだ小枝にある小花が匂いを発している。なにか嬉しくなった。

〈寸言〉

言われたことが　できないのは　馬鹿

お辞儀をずっとしていなさい。相手が居なくなるまで

―いずれも出典知らず―

11月2日

11月に入った。衆議院も選挙が終わり静かになった。自民がそのまま変わらない。野党は長年の弊害だから変わらせてほしいと、それればかり言う。どう変わりたいのかがどうもわかりにくい。月給を上げる、消費税の期限付廃止、富裕層の税率アップ、そうやるから変わらせてほしいという訳だろう。これらは、たとえ自民が負けてもそれほどすんなりできそうな政策ではないし、国民を馬鹿にしてはいけない。資本主義社会の根底にかかわる問題である。実現できない。自民のコロナ対策の失敗を共産党は執拗に叫ぶが、コロナ学は十分解明されていない。現時点で、東京でも数名という発症数になっていて、この波は一応静まり拍子抜けになっている。誰がどうやればどうなったという結論は出てこないし、ともかく世紀の一大事であった。これに遭遇した我々は、かってないほどの史実に出合ったことになる。

今日は、もっともよろしい秋の日。20度を少し超える穏やかな晴れになる。窓外に、わが家のキンモクセイがいよいよ花ざかり、馥郁の香りになってきた。明日の県立美術館での亡き星野道夫氏の夫人の講演会、くじに漏れて聴けない。500人に上る聴取希望者があったと聞く。うちの廊下には、熊谷守一の11月カレンダー、「黒い猫」がかかっている。テレビ「世界ふれあい街歩き」で、2018年放送のアルゼンチン「ウスアイア」、世界最南端の街が流れている。ヤーガン族の南極ブナの木皮で籠を作る子供の集まり、自然を敬い、民族の血をひくものの姿である。日本文化は果たしてどう展開するのか、余命わずかのこの爺には予測しがたい。

11月3日

今日も素晴らしい好天。大体文化の日、明治節と言ったか、さわやかな秋らしい日が多かった。

選挙の敗北の責任を取って、立民の党首、枝野氏が辞任の意向。選挙中、彼のあの絶叫をヒトラーに喩えた。あれは、やはり何か嫌悪を誘う調子に見えた。自分はそう思った。新聞論調はこの立民の後退を読んでいなかった。自民があまりにも長いからともかく変わらせてくれの一点張り。これはどうも受け入れがたいと私は言ってきた。老爺の感得もまんざらではないと思うがどうか。ともかく人材が多人数の勝利者を産むだけ居ないということになる。

県北東部に発する吉野川が「吉備を環る*」に出ている。ここに〝ごんご〟（河童）が住むという伝説。妖怪はうっそうとした川渕に生息するという。厄に対する古くからの用心という戒めなのか。足を怪我した河童が助けられたお礼に、秘伝の接骨法を伝授した。また、悪さを懲らしめられた河童が、おわびに傷薬の作り方を教えた。地域活性化の思いがあってこのゴンゴは現代によみがえるのだろうか。川については思いも多く、哲学的思索にも通じるものである。

＊山陽新聞、〝めぐる〟の漢字が「環」が当ててある。その意味は了解するが、この字当ては、ふつうのことだろうか、〝めぐる〟の漢字には少し無理があるように思われる、これも天邪鬼考か。

11月4日

岡大医学部創立150年の式典があった（ようである）。先日、『岡山大学医学部百五十年誌』が届いていた。当方、私の爺にあたる細川平左衛門、父の正樹が、岡山医専の出身であり、小生3代目であるから、この祭典は気にはなったが、昨日の会のことは失念していた。自分が、１００歳に近くなり、それよりわずか50年前の設立かと思うと、さほど年月の長さを思うこともない。いろいろ思い出すことも多い。解剖学組織のほうで、最初のビーコン（Wiederkommen再試験）を食ったこと、生化学で、Anemiaアネミア（貧血）を知らず、教師にそんなこともわからんのかと嗤われたことを思い出す。

その他、諸々、当時は食うことが優先であり、二度目の大学生活をともかく終え、親に安心をと、医者になることしか思っていなかった。

時は、１９６０年代のことである。

11月5日

『甘味談義』は阿川弘之の『食味ぶうぶう録』のなかの一章である。氏がかなりの甘党であり、各地の銘菓について書いている。岡山は津山の銘菓に、「衆楽雅藻」という生菓子があることを知った。百閒先生お好みで、吉行淳之介も好きだった大手饅頭と並んで、美作の銘菓ということになる。明治3年春、松平十万石の城主が、別邸聚楽園に曲水の宴を開き、書画を展覧し、文雅の士と共に歓を尽くした春の日の光景が、この「衆楽雅藻」の題で木版画になって残っているとか。この津山に残り続けているこの銘菓を是非味わいたいと早速注文した。今、包装の紙に書かれた雪舟風の日本画の筆致に見入りながらいただいた。甘党になって3年、まだ入会したばかりだから、この銘菓の品定めはできないが、上品な梅の風味、残った餡の感触に一味違うものがあるように思った。「旬菓匠くらや」が総本舗。

社会人類学者　中根千枝さん死去

社会人類学の中根千枝氏が94歳で死去。老衰と書かれている。ほぼ同時代人だったことは今知る処である。若いころ、わかりもしない領域に首を突っ込み、あれこれ社会批判に熱心だったころ、『タテ社会の人間関係』の著作を知った。すべてがこれで説明がつき、明快な主張に読みふけった自分を思い出している。氏の学がインドに始まったことも知っていた。「タテ社会」のほうは、１９６３年の著作で、当時、自分が大学の医学部教授になっていたころでもあり、その道の上下関係の封建制や、一般の会社、そして家という身近な社会構築の原点を鋭く見抜いたもので、ベスト・セラーになり、代表的日本論であった。蛇足だが、女性の社会進出の先駆け、女性初の文化勲章受章者である。

11月11日

この一週間、やや落ち着かない日々だった。自民党が一応政権を維持することで決着。岸田総理の弁舌の滔々と長いのにはやや辟易。維新の会が41名にのぼり、やや意外というか、それでも納得できる点もある。投票率は全体に60％前後で、どの程度18〜20歳の若者の意向を反映したのか。意外に若者は保守的なのかもしれない。政権交代だけを叫んでもやはり難しい。誰がやってもそう変わらんだろうというのが民意。無難にやろうよというのが、この老爺に限らず、大方の一致するところか。

7日は立冬。丁度急に寒くなった。9日には、夜間嵐。我が家、多いに震える。バタンと打ち付ける戸外の音、いろいろ投げ飛ばしている物のぶつかる音が続いた。

「コロナ禍」、岡山県だけが突出して下げ止まり。数字だけだと、大阪や兵庫とおなじレベル。人口比にすれば大いに問題。家族内感染とかいうが、岡山に特異的ではなかろう。知事殿、どうする！打つ手なしか。そのうち、他所並みになるだろう。

瀬戸内寂聴　99歳死去

相次いで女傑の死去。この寂聴、世に出られたころも憶えている。残念だが、あまり熱心な読者になれなかった。若いころ、〝純文学〟憧憬の気取りのあったころで、寂聴を文学性の高いものと思っていなかったからである。以後、随分、女史のことは相まみえてきた。大衆的な文学から、次第に高みに上られていったように思う。作品の生身を自分なりに確かめていないので、印象にすぎないが、大きな存在になられたことは疑いない。創出の世界に続くような人品、カリスマ性が出来上がっていく過程は十分に読み取れた。有名になられた割に作品を読んでいない自分を恥じる。一度、わが余命あるうちに寂聴作を読んでみたい。

11月16日

〈カラス雑考〉わが苫屋のある中区湊に操山の東すそ野が西大寺方向に延びている。ごく近くに、旧尼寺仏心寺がある。ここいらは、湊451番地となっていて、かなり広く、451に枝のある番地があると聞いている。我が家のすぐそばに高圧線鉄塔がそびえ、東に1塔、そして我が家の傍に1基、そして操陽南山の方向に1塔が見える。さて、ここにカラスたちの舞台があり、我が観察の対象になっている。もうずいぶん長く、夕刻集合のカラスたちを見てきた。鉄塔の頂点に向かってざっと見ただけで200～300羽を超す夕

が多い。暮れていく操山の森の中に一斉に飛び立ち塒に向かう。毎夕眺めてきた。季節的には、夏を中心にいるように記憶する。さてこのカラス群に異変（?）がある。異変かどうかもとよりわからないがこれを記録しようという訳である。ところで、私の診療所に、物知り御仁Oさんという方がおり、書物に詳しい。好奇心満載氏である。いつも間髪入れず我が関心に応じてくれる。今回もすぐさま、『カラス』書本が届いた。引用には膨大過ぎ、はしょることになるが、にわか勉強で学んだものを基礎にしたいが、今回のレポートは、文献逍遥のまえの者の観察であることはお断りしておく。

カラス群でいまここで問題になるのはハシブトガラスとハシボソガラスであるが、嘴の相違以外わたしには区別ができないし、今それは一応無関係として観察結果を述べたい。

1．今年初夏、夕刻のカラス終結状況に変化が起きた。操山寄りの鉄塔からびっしり勢揃いが見られなくなった。これまでは、暮れていく直前、整然というか、順序良くというか、大群の動きに統一があり、そろって行動する姿が見られてきた。ところが、今年、鉄線の上のカラスに統一がなく、下手の鉄塔のほうにも三々五々集まりはじめ、操山軍団とでもいう姿がばらばらに分解してきた。何羽かが勝手にやっているという風に変わった。

2．家の前、S君宅の屋根に、夕刻（初夏）、三々五々、鉄塔終結のまえに、カラスたちが集い始める。この集いには何組かのつがいと思われる2羽の寄り添いがある。ところが、いつからかは判然としないが、このところ、つがいの姿はほとんどなく、1羽ずつが止まっているのが目立つ。前向き、後ろ向きさまざまで、1羽ずつが勝手に行動している。カラスの世界にも独身が多いのだろうか。離婚するわけではなかろう。すこし、穿ちすぎた観察だろうか。この道の権威に聞いてみたい。

Oさんの用立ててくれたカラス叢書を読んでから新たに観察記録を書きたい。少々恥ずかしいので。

11月18〜20日

「冬構」とカレンダーにあり。このところ、〝岡山晴れの国〟が続いている。小春日和。20度=あり心地よい。いろいろあったような気がしている。山陽新聞、サン太クラブに入会し、あわせて「モニター」応募にも志願した。これから一年、耄碌の戯言を申したい。

19日には、部分月食があり、晴れた夜空に……、実は見ていなかった。海のむこうでは、予想通り、大リーグ、〝大谷さん〟のMVP、満票。この青年、本当にすごいやつです。どこを探してもなにかケチをつける、ケチをつけようとも思わない性格。イチローさんは、私は熱狂したが、なにか一言はあるような傑出人。翔平には、背景の経済や金銭を感じさせない清潔感も湧く。まあこういう傑物と、わが終末期に出会えたことはすがすがしい思い出にもなった。

〈駅カード：芸備線対策協議会発行〉の、4枚、郷里の姪、ふみが送ってくれた。取得には手間がかかっただろう。感謝。東城駅、備後八幡駅、内名駅、小奴可駅で、06から09までの番号がついている。芸備線全線、広島から新見までのものがあるのだろうか。カードの裏面には、駅情報、駅周辺案内などが載っている。東城には、保沢という国登録有形文化財の建物があり、カードの裏面に写真がある。少年時代、このあたりはわが遊びのテリトリーであった。感無量。

11月27日

『ケルト人の夢』マリオ・バルガス＝リョサ著を読了。約10日を要した。大著である。作者リョサは２０１０年のノーベル賞受賞者である。これは失念していた。ここに岩波書店、野谷文昭氏訳が刊行されたばかりである。何とか感想を纏めたい。されど、容易にはまとまった手記になりそうにない。なにか、凄さというか、世界史に対する自分の無知に思い至り、作品の批評などおこがましい気がしてくるが、この拙著に、『ケルト人の夢』を簡単に紹介することにする。スウェーデン・アカデミーは、「権力の構造の地図を描く力と、個人の抵抗や反抗、挫折についての鋭い描写」をノーベル賞授賞理由にしている。そういう作品である。

物語のスケールは壮大である。ロジャー・ケイスメントという一個人が、西欧植民地主義を相手に、また文明化を相手に闘う姿は実に勇壮である。そして、文明化を隠れ蓑にコンゴを植民地化したベルギーの支配者に挑む。訳者の弁。「たとえわずか七日というあまりに短い間に過ぎなかったとしても〈ケルト人の夢〉は実現された。イギリスの支配から解放され、アイルランドは独立国家となった」。主人公、肝心のロジャーは多重性のマイナー性を抱えたこの作品の主人公である。ここに、人道主義とセクシュアリティが小説としての一面を見せる。『ケルト人の夢』の一面に解離性同一症という言葉がはいりこむことも比喩的には言えるのかもしれない。ともあれ、この主人公ケイスメントをめぐる人間というものの不思議さ、人間が同じ人間を搾取し、殺すことも厭わないおぞましさの原因が追究されている書であり、自分の読書歴には無かった感動の書であった。

さらに2、3の引用を試みる。

……1884年から、植民地化の象徴として、無限に広がる領土において、鞭が出現し、盛んに使われだした。……カバのとてつもなく硬い皮から、効き目のある鞭をつくる、……黒人のいかなる過ち、しくじり、などにたいしてこのシコットが鋭い音で、彼らの脚、尻、背中に打ち下ろされた……。

『タイムズ』は、偉大な人道主義者としての並外れた天腑の才を再び発揮したロジャーを激賞し、件のイギリスの会社および奴隷制度と拷問の実践によって先住民を絶滅させつつある産業から利益を得ているその株主たちに反抗する行動を直ちにとることを要求していた。

私に言わせれば、ロジャー・ケイスメントは自分がなすべきことを行ったのだ。彼は絞首台で死んだが、それは少しも目新しいことではない。W・B・イェイツ。

アイルランドは、インディオと同様、自由になりたければそれを勝ちとるために戦わなければならない、来る日も来る週も、来る月も、これからの年も、磨き鍛えていく、……。

夢の中で、1906年9月、「ケルト人の夢」というアイルランドの神話的過去についての長い叙事詩を書いたこと、……アイルランド人がイギリス軍に徴用されるのを拒否するために『アイルランド人とイギリス軍』という政治的パンフレットを書いたことをさかんに思い出していた。

11月29日

〈スポーツ〉日本シリーズ、ヤクルトが制覇。〝絶対大丈夫〟をスローガンに選手を感応させた高津監督の手腕が光る。ヤクルトが勝つように何か仕組まれていたような筋書きだった。山本投手を擁するオリックスだったが、役者たちの迫力が地味だった。力・技を持ってはいるのだが、ヒーローになれるようなものがいなかった。結果は、どこかにそっと書かれていたような気がする。

大相撲、照ノ富士、全勝優勝。そういうことである。白鵬とは少し違う強さを持っている。白鵬のうまさと、一方汚い相撲ぶりとは、一味違った強さ、どっしりと、安定した落ち着きを見た。腰を落とし、鋭くくりだす差し手、これで完璧の防御と攻めへの体勢となる。本人のケガが再発しない限り、この強さ、当分続くとみる。すでに、6回の優勝である。

ゴルフ女子プロ、22歳の稲見萌寧が賞金女王。この子、東京オリンピックで、銀メダルをとったのを見ていた。この子も、私の言う、トランスに入れる選手。パットが入りだすと、際限がない。勝つという筋書きは、どこかに書かれている筋書きのことだが、どういう風に表現されるのか。単に運とか、偶然とか言うが、ここを超えた絶対無我という境地があるように思う。これは神懸かりでいわく言い難いが、ご本人の意識を超えた領域のことになる。

12月1日

作家の五木寛之さんが、今日の随筆（山陽新聞・新・地図のない旅）に、〝先生〟呼ばれのことについて、この老爺と同じような感慨を書いておられる。すでに、前著『そして、米寿』にこの先生呼ばれについて若干書いていたように思う。わが界隈の医師仲間で、〝先生〟が最もよく口にされる。その昔、恩師奥村教授の「先生呼び合いはやめなさい」という指摘があり、私も同感だったので、若い時から、医師同士、先生と呼び合うのを極端に嫌ってきた。余程目上の人で先達の人に対しては、先生と言ってきた。だが、それ以外は、〝先生〟は極力使っていない。〝先生と言われるほどの馬鹿じゃなし〟という言葉は、先生がそれほどの者ではないことを暗にさしている。〝先生、やったな！〟など、明らかに揶揄であるものもある。今、代議士も、弁護士も、もちろん学校の教師もみんな先生で、先生以外の呼び名に苦労するほどである。

師走である。昨日から寒波がやってきて、今冬はじめての冷え込みである。こうなると、岡山は西高東低の気圧配置となり、晴れてくる。日差しが十分にあるのがここ岡山の冬。我が家東側の窓の外に、百日紅の伸びた枯れ枝が風に揺れている。〈百日紅　枯葉一枚　揺れる空〉

その他：〈カラス無き　高き鉄塔の　秋深し〉

12月5日

〈TV〉『小さな旅』群馬県吾妻渓谷の紅葉のすばらしさと吾妻川八ツ場ダムをみながら、ここ岡山辺りの奥深い里のダムの相違をおもった。今日の渓谷はともかくその紅葉は目を引くほどのきれいさだった。ボートに娘を乗せ、地域を堪能している親子。人の去っていった湖水のそばで、うどん店を開いている老夫婦。ここでは過疎地の悲哀を超えて景勝の地となっている。岡山は津山の奥深く、奥津峡、苫田ダムのことを思い出す。この老爺よりだいぶん若いが、学友O君が苫田郡奥津町至孝農の出身で、昭和50年前後、ダム建設阻止に奔走していた。今電力に貢献はしているのだろうが、奥津という里の人たちの思いと、群馬吾妻の里の陥没には多いに違いがあるのではないかと思った。片や吾妻はそのまま景勝の地となり、奥津の人々はわが里を失った。おなじダム建設も人の思いに与える影響は大いに異なるのではないかと思ったが的はずれだろうか。

12月8日

〝大東亜戦争〟勃発。1941年のこと。自分は〝国民学校〟4年児であった。運動場でラジオ放送を聞いていたように思う。なにか、心躍るというか、なにかが起こるようなというか、子供心に躍動を覚えたのを思い出す。子供とは言え、すでに、感応状態に突入していたのであろう。前著、『米寿』にもこれを書いた。

〈プロ野球余話〉正力賞に高津臣吾ヤクルト監督。この人のこと、あまり詳細には知らない。ヤクルトを20年ぶり6度目の優勝に導いた。しかし、受賞はなんといっても日本シリーズの優勝だろう。かの有名監督、野村さんや、星野監督の場合とは異なるものを感得した。同じ名監督でも、一味違うものを持っていた。監督の持つ力にはそれぞれの持ち味がある。高津氏は淡々と戦局を凝視し、辛抱の極みに沈潜していた。運命というか、ものの成り行きを見据えるというか、起こることの必然というか、勝負事の収まりを自然体で見ているようなところと、私は言いたい。この地味なところがいい。最近、妙な飛び上がり監督が新たに出現したが、こういう御仁は自分のことだけで飛び跳ねていて、その下の者はチアガールになるしか存在はなくなるだろう。選手の困惑、いかに。

12月26日

いつのまにか日付、年末となった。このところ、この日記、書いていなかった。一つには、この『卒寿記』、しめくくりにあることで、筆勢が急に衰退してくるのを感じていたためでもある。この書を終え、あとは、生きている限り、90歳代の日記として、一日一日を大切にし、書き続けたい。「わが卒寿代と世相」である。

昨日、「日本病跡学会、大分市」に出かけ、『百閒と過書症』について、演題を発表してきた。さいわい、足元もほぼ大丈夫で終えることができた。〝先生、90歳になられるんですよねー〟なる呼びかけに応じることができた。わが演題の良し悪しは、まあそれなりのものので自慢にもならないが、丁度今年は、内田百閒没後50年だったし、わが吉備の誇り高き文豪について、何回かの発表の一つとなった。

12月19日、「山陽新聞・文化欄」で、哲学研究者、永井玲衣なる婦人の記に目が留まった。この若い哲学者、最近の単著『水中の哲学者たち』で面白いことを書いている。この爺にも納得の書きぶりである。街を歩いていても、意味の分からないものばかりで、これをしかし、哲学に載せると笑えるし、共有も可能かという。永遠にボケ続ける世界にツッコミを書く。この人、10代でサルトルの『実存主義とは何か』を読んでいる。すべてに問いを深めるのが信条という。この老爺の生きがいに共通する。いろいろ書いているようで、検索してみたい。

2022年

〈卒寿　出発進行中　ただ今、0年〉

昨、令和3年は「コロナ禍厄年」となった。この忌まわしい年を今振り返り、具体的な史実の代表として、『精神科臨床とコロナ禍』を纏めたい。これが日本の現状を要約したものになると思う。昨年末12月27日付山陽新聞、『検証　コロナ時代　第36回、「取り残された精神科患者」』を参考に抜粋して纏めたい。

コロナ猛襲は、一昨年2020年12月、年の瀬の迫るころからである。兵庫の精神科病院（425床）で1名の感染後、大津波のごとく、〃クラスター〃の氾濫となった。まもなく職員を含み、入院中の患者をあわせ100人を超える罹患者となった。検温・抗原検査の対策は十分であった。しかし、マスク・手指の洗浄は、病状から指導に時間を要した。換気も十分には行えない。大勢の患者が食堂に集まらざるを得ない。認知症の人たちの指導に関する効果はゼロ。常勤看護者の多くが感染。やむなく看護職の多くは、車中に寝泊まり、災害の渦中となっていた。これは、二重の隔離という事態である。本来の精神科治療と感染拡延防止のための処置である。患者のうち、適正な施設への転院はわずかに2名であった。2月には感染者は200名にも達した。入院患者の半数である。さいわい、NP

O法人の看護師派遣などを受け、どうにか乗り切ることができたが、その間、適正病院への転院依頼は叶わなかった。第3波でいずれの病院も急を告げる情勢であり、特に精神科からの依頼にはその受け入れは困難である。ワクチン接種も一般よりも遅れた8月後半であった。国は重い精神疾患に優先接種を企図していたようであるが、実際には届かなかった。施設の医師は、精神科の軽視ではないかと苦悶する。

現状の精神科医療はコロナ発症以前には、患者の社会からの隔離収容は現今遠のいてはいたが、コロナ禍に至って、古い従来の慣習は容易にその逆向を助長し、隔絶によって社会一般を守るという方向を余儀なくさせる。日本精神科病院の報告で、ついに死者は全国で235人に上ったが、実数はさらに多く、一般よりも3～4倍との報告であり、死亡率も5～6倍に上る。こうした惨状は、従来の精神科病院の閉鎖収容制度が十分に改善されてきていない現状にさらなる改善を突き付けられたということもできる。そして、この現状に冷酷な公の援助がなかったことを指摘せざるを得ない。

全国的に名高い都立松沢病院は、全国からコロナ罹患の精神疾患罹患者の受け入れを行った。結核病棟も利用された。その際、官の支えではなく、従来の連携の輪に基づく成果に期待された。官の指示ではすべてが手遅れとなる。法律に基づく入院は、その患者の安全に十分な配慮を尽くすべきである。いつまでも、患者のプライバシーを隠れ蓑にせず、それこそsustainableな受け入れに心すべきではないだろうか。

1月1日　元旦

普通に起きる。6時間半ぐっすり寝ていた。昼、高松の次男夫婦とグランビアで会食する。テレビは例のごとく正月番組。〝生放送〟を強調している。再放送ばかりのNHKが、生放送を派手に書き込むあつかましさ、あきれる。正月は奈良。吉野の桜、神様と人。和紙の原料楮《こうぞ》が出ていて思いだす。小学校の頃、国民総動員だったか、東城久代《くしろ》のほうに楮をとりに駆り出された。紙幣造りの素だと教えられた。あれから80年経過したことになる。どうしてこれを憶えているのだろうか。この和紙作りは室町時代にさかのぼる。500年前からの製法が伝えられている。500年昔が、強調されていたが、思うにこの爺、今90歳0年で、言ってみれば、100歳生存候補生。室町が大昔と言ったって、ほんの5倍ほどの昔ではないか。ちょっと前のことともいえる。気が付けば、わが息子両人とも50歳を超えている。正月の思いは例年変わらずまた開けた。「画する」ことを信条にしているが、ここでさらに頑張ってみるか。

今年の『年賀状』忌まわしいコロナ禍の年も明け、皆様にはここで新しい平常の朝を迎えられたかなと思う次第です。当方、すでに卒寿となり、「年賀」自体も控えるべきことのようにも思うのですが、そこはこの天邪鬼、自らのボケは傍らに置き、世の不合理になおいちゃもんをつけた日記帳『卒寿の各駅停車』を書き続けております。年賀状も、ここでまた新たに画するを信条としてお送りしたいと思う次第です。明日はおろか一寸先もわからない今ですが、「年賀」をもって、皆様との厚誼を続けたいと思っております。よろしく。

令和4年正月

カラス無き　茜の空に　年明ける
俯きて　挨拶もせで　冬少年
レンコンの　固さも調理の　綾にこめ

1月6日
どうやら、オミクロン、本邦に上陸、地歩を築いた。沖縄、山口、あたりの辺境に始まったように見えるのは、米軍兵士の横行によるのかも。すでに、第6波の襲来といえるだろう。新聞は「感染拡大国内2638人」を告げている。いっぽう、なにか、平然とした雰囲気にもとれる。コロナに辟易してきた民意の反映のようにも思えるが、オミクロンの感染力の強さに比し、症状の軽さを皆さん感知しているようにも思える。ともかく、折角緩み弾みを得てきた日本経済、どうなるか。欧米式に、感染者の少々はそこに置き、生産はすでに動いて止まらないという風に進むのか。この爺にも、3回目の接種を早く終えたい思いである。来月、2月5日の「香川日独協会発足30年記念会」出席も、また危ぶまれてきた。広島県にも「蔓延防止」処置、出されるかもしれない。……

1月9日

〈「小さな旅」〉今日も再放送かもしれない。まあともかく、杖立温泉を見る。熊本北部の鉄道もないような阿蘇の村。なんと、100度の源泉。蒸気と配管修復の現場。火傷との戦い、印象的。行ってみたいとも思うが、少し無理か。

「現実」という言葉に捕まる。現実に対処する必要がある、といったこの「現実」は、果たして現実的かといったこだわり。例えば、核行使を現実とする政治情勢を現実と思うかどうかといったことである。核恐怖が高まるほど、この核行使は非現実的となり、組上にかざしてかえって遠のく。どの国も「核」意識が嵩じてきて、金縛りとなり萎縮を強いられると、すでにそこで現実という事態は遠のいていく。架空の設定で議論が進む。不安・恐怖という思いが現実となる。緊張という心理状態が現実的となる。

1月11日

〈TV〉

104歳の婦人が語る。婦人と書いたのは、この方容貌といい、物の言い方といい、もっと若い年代の容姿であった。なんと美容師現役とか。すでに、100歳時代の到来。振り返るわれ。感慨、やや複雑。

松葉《まつば》蟹《かに》の松葉は、ゆでた蟹の脚を引き出すと、白い身がよじれた松葉のようになっていることから名づけられたとか。

熊本県の北東部に在る杖立温泉。鄙びた鉄道もない僻地に見えるが、なんと源泉100度が出ている。沸騰温度、そのままが村中に出ているのは、やはり珍しいと思うがどうなんだろうか。

1月15日

〈大相撲春場所〉照ノ富士負ける。連勝は23で、べつにどうこう言うこともない。ただ、現役最年長の玉鷲に負けたこと。油断だろう。さて、力士の表情が面白い。テレビでこれを見るのがもっとも興味深い。貴景勝の表情の推移は面白い。初日の静かな緊張、そして2日目の自負心をみせる片目の動き、2日目に負けた悔しさと計算違いの表情。左目を思わせぶりにピクピクさせる。注目されている視線を過剰に意識している。果たして、傷ついた自負心は逃げの表情になった。ばったり尻もち、もはや「診断書」を止められない。昨年も貴景勝のことを書いた。この大関、今後もケガとの戦いになり、短命だろう。押し・突きだけでは、大関は無理だろう。おまけに、この表情から見た彼の性格、なにか間違った自己評価の中にあるような気がする。

NHKの「再放送」のこと。料理家栗原はるみと夫の追憶をみていて、再放送のことを亦思う。今朝のものには、なにか哲学があって、再放送であろうが、良かった。彼女の主人は、85歳肺がんで死亡。〝僕の帰りを待つだけの妻にはなるな〟が、強調されていた。再放送をけなしてばかりいる自分だが、料理番組・栗原はるみ流・夫婦愛がある調和の中に在って、「再放送」の意味を持っている。この爺は、やたらと番組を埋めていく姿勢のほうをけなしているわけである。〝アーカイブス〟という言葉がある。その意に沿った文献逍遥をいう。再放送にもそれなりの意義を視聴者は期待している。何度でも見たいというのと、昨日、見ていなかった人にという配慮とは違う次元のように思う。

1月17日

南太平洋で大きな地震があり、遠隔の日本南岸に津波警報が出され、TVはこの方に集中して、他の番組は遠のけられている。１m前後の津波が来ている（午前８：00頃）。

〈英語の勉強〉やや迂闊な話だが、広島東洋カープのCarpに複数形はない、これはまあよく知られてきた。迂闊だったというのは、このカープにかぎらず、他にもそういう単語はあるはず。山陽新聞を見ていて復習した。単複同型は、他にも少なからずある。

deer, sheep, fish, salmon, trout ……その他どうだろう。

次はややこの年寄りには興味以外に無関係な、しかし、おもしろいの感をおぼえたもの。

「やってみたいファッション」なる記事。時代の英語表現を学ぶのも悪くはない。皆さんどう思うか。

Pierced ears, big rings, blonde hair, colorful nails, a crazy wig, false eyelashes, high-heeled shoes, jeans with holes, long skirts, necklaces, permed hair, a topknot（出典省略）。因みに、この記事、児童英語教育者・松香洋子氏の記事である。みなさんすべておわかりかな。〝侍ヘアーズ〟をtopknotというらしい。

1月17日

阪神淡路大地震の27回忌の日になる。この日、香川医科大学在職中。病院長時代。単身赴任中、屋島西町の官舎に寝ていた。早朝ガタガタと来た時、すでにまどろんでいたようで地震だと思ったことを憶えている。テレビをつけると、神戸市にあちこちで火が出ているとの情報を映していた。あとは言うまでもなく惨状となった。2日後、わが校からも支援の派遣ということになり、数日、淡路島に向かった。地震の走った後を示す断層を身近に見た思いが今も鮮明である。

転じて、海のかなた南太平洋、トンガ沖に海底地震・大噴火が起きる。今日の日ではないが、数日前、日本列島に津波も来た。この方、１０００年に一度のことらしい。こうした出来事、もうずいぶん前から、１００年に一度とか、今回のように、トンガは１０００年に一度という。長く生きたための経験かもしれない。自分の原爆遭遇も14歳時、これも人類最初の被災であった。90歳、卒寿であればの記であろうか。

１月22日

コロナ禍、今回のオミクロン、東京１万人、全国５万人となる。この「日記」も、一人の歩みであるから、この「各駅停車」にもいちおう日付と数字を残しておく。

１月23日

〈TV「小さな旅」〉 長野は小谷村《おたり》。＊新潟から松本に向かう塩の道にあるとのこと。もちろん雪の里である。その年の迫る積雪の前頃のことらしい。ぼろ織《おり》なる伝統の芸。古着の綿を裂いて一本ずつの糸にして再度編み上げるらしい。東京から来たという婦人が熱心にかがみこんでいた。子供たちはこうして編んだかっちりとした小さな帯に鈴をつけ、クマよけにするという。一方、村の83歳の老公は雪の下のキャベツの生長ににっこりだった。久しぶりに、「生活」をみた。

＊小谷村は、オタリである。長野県北部の小村。姫川にそう大糸線にある村。

例のわが忌み嫌っているカナ英語表記の氾濫。この日も見た。約10分の間に見たＮＨＫのお知らせ番組。

「シングルマザー政子、ジェンダーを越えて、マインドをもって、ダイバーシティーの今、心のリフレッシュ、13人のボイス、ヤングケアラー、もっとあったようだが嫌になった。」こういう調子、これが今日の日本のマスコミの実態。Japanese Englishというのはこういう表現を指したものではなく、日本人の下手な英語を指したものだった。変貌する表現、近くは大正のモダンに始まる。

1月27日

〈大相撲〉御嶽海、大関になる。このところ、大関がみっともないことになっているので（貴景勝・正代）、余計に騒ぐところもある。長野出身のかつての雷電《らいでん》＊に擬せられている。誰かが大関になる、これもごく普通のことだが、相対的評価のひとつ。最大の欠点は、練習嫌いとか。もう一つ、私が思うのは、表情に変化在り、勝っていて充実しているときと、ダメな時がはっきりわかる。これは相手にも伝わることだ。もって銘すべし。

＊雷電：長野県出身の大関。江戸時代１７９５年に天下無双の伝説的強豪大関となった。〝雷電〟は、私の子供の頃すでに巷間に流布されていた。強い者の代名詞に近かった。

菅直人前首相が、「維新」の躍進にケチをつけたのか、「維新」をかのナチス、ヒトラーに擬したらしい。詳細は知らない。今回の選挙で、維新が躍進し、立憲が低落したので、噛みついたのか。最近、この卒寿、『ヒトラー』（岩波書店）を読了していたので、ぎょっとした。急いで読後感想を纏めたい。

ＮＨＫ「ためして合点」。どうやら、「ガッテン」」、打ち上げらしい。27年続いた。最近のこじつけにはうんざりだったので、なにかほっとする。〝うつ病はこうすれば治る〟など、こちらに影響のあることを凝りもせずやってもらってきた。聞くところによると、一つ、注目されたのは、「毎朝体重を計る」が、スウェーデンアカデミーで評価されたことがある。この卒寿も、これだけを評価してきた。実は今も実行している健康法の一つである。直ちに検証されるようなはすっぱな思い付きではなく、生活態度をただす地味な健康法として評価されている。こういったものでないと困る。「ガッテン」も、ここで終わる。少し遅すぎた。評価を下げていたので、まあこれでよろしいか。

1月29日

カナ表記〝エッセンシャル・ワーカー〟のこと

語句についての問題の前に、今日時点のオミクロン禍の実数を示しておく。岡山 感染2万3558（＋845）濃厚接触者の待機期間を現行の10日間から7日間に短縮される。症状軽症者多し。

そこで、エッセンシャル・ワーカーのことになる。essenntial worker、つまり中心になって働く人たちであり、欠かせない、必須の要人ということ。つまり、組織体の中心でこれを外しえない人たちのことになる。今回やや大げさにここにいうのは、このカナ表記が日本語では簡潔に表現できない解り易い呼び名になっていて、英語カナ表記嫌いの自分に、不本意の感嘆になっている。つまり、カナ表記もまんざらではないということ。しかし、今回、医療の面で、medical staff、つまり、エッセンシャル・ワーカーがオミクロン感染者になると、治療現場がどうなるか言うまでもない。うまい言い方と感嘆している事態ではないことはもとよりこの卒寿爺も心得ている。

1月31日

今月の読書『ペスト』(カミュ作)の抽出部分を記載し、現コロナ禍の実態と比較したい。

194＊年、4月16日の朝、診察室を出た医師ベルナール・リユーは、1匹のネズミの死骸につまずいた。……

25日の1日だけで6231匹のネズミが焼却された。……

患者は、熱は39度5分あり、首のリンパ節と手足が腫れあがり、黒っぽい二つの斑点がわき腹に広がっていた。彼は、いま身体の内部の苦痛にうめいていた。〝痛い、焼けるようだ〟……

この熱病の症例はもう10例になったが、その大部分は死に至った……例の年老いた患者の隣人が鼠径部を押さえて、錯乱状態で嘔吐した。リンパ節の腫れは、管理人の時よりもずっと大きかった。その一つは膿を出しており、やがて腐った果物のようにずっと大きかった。……市の幹部たちは、ネズミの腐敗した死骸がもたらす危険をわかっているのだろうか。……ペストです。『ペスト』という言葉が初めて発せられた。……この町にこのペストが居座るなんて誰も思わなかった。……すべて誇張され、噂話である。……

幼稚園に臨時病棟を開設することが決められた。死者は増えていく。知事は自らの責任でその措置に向かった。届けの義務、隔離、病人の出た建物の閉鎖、消毒。近親者は一定期間隔離。埋葬は市が行う。

ペスト流行を宣言せよ！　街を閉ざせ！

見たところ、市民は自分たちの身に起こっていることを理解するのに困難を覚えていた。別離や恐怖といった共通の感情はあったが、人々はいまでも個人的な関心事が第一だと考え続けていた。だれもまだ、疫病を現実のものとして受け入れてはいなかったのだ。大部分の者は、自分たちの習慣を乱したり利益を損なったりすることがらにはとりわけ敏感だった。彼らはいらだったり怒ったりしたが、それはペストにぶつけることができるような感情ではなかった。たとえば、彼らの反応は、行政に責任を負わせるというものであった。……オランはこうした異様な外観を呈するに至った。

しばらくして、ペストが猛威を増し、犠牲者が週平均500人にも達する病院で、過ごす日々が本当に抽象だろうか。確かに不幸のなかには抽象的で非現実的な部分がある。しかし、この抽象がこちらをころしにかかってくるときには、その抽象を相手にしなければならない。

リユーは診察室に面した一室を改造し、患者の受け入れ室に改修させた。くぼんだ床がクレゾール液の池となり、その中央にレンガの島がおかれた。患者はこの島に運ばれ、手早く服を脱がされると、……リユーの手に渡され、学校の雨天体操場を利用されることもあった。患者たちにワクチン接種を施す。リンパ節腫を除去し……。リユーは頑健で抵抗力があった。疫病による発熱であると診断をくだすと、すぐにも病人を運び出す事態になる。病人の家族は、患者が治癒するか死んだ後でないと再会できないことを知っている。

この問題に決着をつけるには、ペストの霊なるものが存在するのかどうかをしらねばならない……。ともあれ町の大聖堂は、この一週間のあいだ信者で埋め尽くされた。……「どんな苦しみの奥底にも永遠の優しい小さな光が余すことなく悪を善へと変えてくださる神のご意志を表しています。死と不安と叫喚の歩みを通じて、この光は私たちを本質的な静寂へ、まったき生命の原理へと導いてくれるのです。」……説教を聞いて、自分たちはなにかしらの罪を犯したために罰せられ、想像を絶した拘留状態に置かれたのだということを実感するようになった者たちもいた。そして、自分のささやかな生活を続けて、監禁状態に適応するようになった人々もあれば、その反対に、この時から牢獄を脱走することだけを考える人々もいた。

リユーに、保健隊の活動はうまくいっているかとたずねた。

実際にはこの時期、8月の半ばにおいては、ペストがすべてをおおいつくしたと言うことができる。この時にはもはや個人の運命はなく、ペストという集団の物語と、市民全員に共有された感情があるだけであった。そのもっとも大きなものは別離と追放であり、それに伴う恐怖と反抗であった。したがって話者は、炎暑と疫病が頂点に達したこの時期において、全般的な状況について叙述し、また具体例として、血気ある市民たちが起こした暴力沙汰、死者の埋葬、そして引き離された恋人たちの苦しみを取り上げるのが適切だと考えるのである。

市内でも、とくに汚染された地域を隔離して、欠くことのできない職務に従事する人だけに外出を許可することが考えられた。……逆に他の地域の住民を自由人であるかのように考えた。……「いつだって自分よりひどい囚われ人がいる」というのが、その時唯一可能な希望を要約することばだったのだ。

ペストは集団で仕事をする習慣のある人々、すなわち兵士、修道士または囚人たちに、とりわけ激しく襲いかかるように思われたのだ。

当局は介入するそぶりを見せなかった。すべての住民を動揺させたと思われる唯一の措置は、夜間外出禁止令の制定であった。夜の11時を過ぎると、町は完全な闇の中に沈んで、さながら石と化していた。すなわち、ペスト、石、夜がすべての声をついに黙らせた大墓地をみごとに表象していたのである。……病人は家族から離れた場所で死を迎え、通夜は禁止された。宵のうちに死んだ者は付き添いなく夜を過ごし、昼間に死んだ者は遅滞なく埋葬された。……この時期のもっとも深く広くおおきな苦しみは別離であった。

8月の半ばにおいては、ペストがすべてをおおいつくしたということができる。この時にはもはや個人の運命はなく、ペストという集団の物語と、市民全員に共有された感情があるだけであった。

私たちのだれも、もはや生き生きした感情を持ってはいなかった。「もう終わってもいいころだ」と、市民は言った。

9月と10月の2カ月、ペストは街をしっかりと押さえつけていた。それはまさに足踏み状態だったから、何十万の人々が、終わりの見えない数週間にわたってなおも足踏みしていた。

10月の終わりになって、カステルの血清剤が試された。実のところ、それはリユーにとって最後の希望であった。

……疫病のこの後退は予期しないものであったが、市民たちはすぐに喜びもしなかった。過ぎ去ったばかりの数カ月は、彼らの解放への欲求を高めながらも、慎重に振る舞うことを教え、疫病の近い終息を当てにしない習慣を次第に身に付けさせた。

リユーの目の前にあるのは、微笑の消えたもはや動かない仮面でしかなかった。あれほど親しかったこの人間のかたちをしたものはいまは槍に突き刺され、人知を超えた苦痛に焼かれ、天空の憎悪のこもったあらゆる風に捻じ曲げられて、目の前でペストの海に沈んでいったが、この遭難に対して彼はなにもしえないのであった。

リユーは、今回こそは完全な敗北、戦争を終わらせ、平和そのものを慰めのない苦しみとする敗北であると感じた。

リユーはその朝、妻の死の知らせを平静に受け止めた。

2月の晴れた朝、夜明けにとうとう市の門が開き、市民にとって、また新聞やラジオ、県庁の公式発表によって、歓迎を受けた。……すべてが一挙に返され、歓喜が熱すぎてゆっくり味わうことができない。リユーは知っていた。ペスト菌はけっして死ぬことも消滅することもなく、家具や衣類の中で数十年間眠ったまま生存でき、寝室や地下室、カバンやハンカチや反故のなかで忍耐強く待ち、そしておそらくはいつか、人間に不幸と教訓をもたらそうと、ペストがふたたびそのネズミどもを呼びさまして、死なせるためにどこかの幸福な都市に送り込む日が来るだろうことを。

（以上、カミュ作：『ペスト』三野博司訳：岩波文庫より抽出）

2月2日

かの「石原慎太郎」、1日午前、すい臓がんで死去。89歳。慎太郎氏は吾輩より2歳下で、『太陽の季節』で芥川賞受賞の当時を思い出す。当時、少々妬ましい思いと、文学性の評価が自分の中でできず、時流や派手さ、世俗の反映のように見えて、読んでもいないのに、過大評価と見ていたように思いだされる。この人物像は、後になって、間違っていなかったように思う。文学よりも、結局マスコミの人だった。巨人の部には入るだろう。

2月4日

〈オミクロン禍〉ほぼピークかと思うほどの数値を示している。広島はややピークアウトのようであり、岡山が追いかけるように高くなり、広島を超した。数値はここに書かない。科学的に十分分析された数値ではないから。ごく身近に患者が出ている。今回は、老齢者に多いとかいう。気持ち悪し。

2月10日

このところ、「コロナ禍」もピークというか、ルーマーの飛び交う域に達し、何が真実で、どうすればよいか、先に読んだ『ペスト』時代に逆戻りの感のする毎日となっている。岡山の発症者は連日1000名を超している。実質は、無症状か軽症という。どうすればよい。感染すれば、生活自体重症になる。軽症か無症状という状態ではなくなる。首相は、一日100万回のワクチンを3月には実行するという。流行は、全国的にピークアウトに見られ始めている。事は混とん、これでまた野党に政策の失敗を言われる材料を投げてしまった。収まるだろう、きっと。だが何か大きな空隙がここに残されていくように思う。

今、午前10時前に書いている。オリンピック、フィギュア決勝がまもなく始まる。羽生の逆転はあるかが焦眉らしい。その前に書いておく。羽生の逆点はない。アメリカのチェンが金であろう。予選の時に書いたメモを見ながら書いている。自分はもとよりスケートのことは皆目わからない。羽生君の滑りを実際に見ているひとりの神経心理学的感想である。あくまでそうであることを断っておく。

新聞によると、スケートの〝サルコー〟とかいう演技は、〝トーループ〟と違い、つま先を氷に付かないでそのまま跳ぶので、勢いが出ないのだそうである。踏み切りのタイミングに細心の注意が要求されるらしい。実際はどうだったか。わが予言は、その通りとなった。

さて、これを踏まえて、羽生君の予選を見たい。自戒の念が聞かれた。自分ではちゃんとやったように思っていると言う。つまり、思い通りに跳んだような記憶があるらしい。どうもここに意識の上で乖離がある。ここからはやや逸脱かもしれないが、ゴルフでいうイップスに近いものが生じた。いわば、金縛りに近いものが起きた。極端な緊張の中にあったものと思われる。自らに重い重荷を背負わせてしまっていた。彼自身、〝他のスケーターの穴に、自分の穴ではなく、そこにガコッとはまった。跳びにいっているけど頭が体のことを防衛していた〟と、なんと素晴らしい自己解析をみずからが下しているではないか、驚いた。結論すれば、狙いと実行に乖離が生じ、そこに断裂が生まれ、動作を封じたと思われる。午後1時20分、羽生は敗れた。

後、時を経ず、彼の試みた4回転半の試みに対して、正式に羽生の名を冠して命名され残された。

今年は総じて寒い。雪も多いようである。2月中旬の南岸低気圧はよく知られていて、東京方面がとくにこの気象に見舞われ、楽しみだったゴルフが上京の朝中止になったのを思いだす。最近は、この〝南岸低気圧〟が、〝都心に雪〟のニュースのトップになったりする。なにもかも「対災害」過剰意識によるものである。雪は冬に降る。夏に降ればニュースにはなる。大雪が日常の地域はなんと言っているのだろうか。それにしても、気象に関する報道はとみに過熱している。

先日偶然わが書棚に、『ことばの履歴』（山田俊雄：岩波新書：188）を見る機会があり、そのなかに「天気予報」なる章があった。面白かったのは、〝気象情報〟と〝天気予報〟の名称のこともそうだが、テレビなどの情報が少ない昔、この天気予報は極めて重要であった。この章の出所は斎藤緑雨の書きものなのだが、その中に、天気予報の「所に依り雨」、天気予報の、「区々の風、所に依り雨」が用いられていたことが書かれている。要は、〝所に依り雨〟がターゲット。つまり、結論的には、〝予報は当てにならない〟ことの最たる揶揄となっていることである。〝所に依り雨〟というのは、言うべくして妙である。〝洗濯日和〟、などは、よほどの注意が必要。気象の学は今日に盛んであるが、食い違いはあとで訂正されないという聖域に近い。

2月19日

〈俳句考〉「打ち消し表現」について勉強した。打ち消しは、読み手の頭にいったん思い浮かばせた上で、そうではないと言うことにより、強調する表現(井上弘美)。書いていないことを言外に想像させる力があるという。今回は文語で、「ぬ」「ざる」「ず」。『海未だ　鈍色《にびいろ》解かず　黄水仙』を借りてみる。春は来たが、海はまだ冬の鈍色をしている。「解かず」と打ち消す。「まだ」「いまだ」の打ち消しパターン。『まだ海は　鈍色解かず　黄水仙』ともなる。そして、『海はなほ　鈍色深し　黄水仙』、打ち消しを使わない表現である。打ち消しは、同じ表現に力が加わる。つまり、強調したいことを打ち消すということだろう。ただ、季語は打ち消さない。了解。

2月22日

語呂合わせの日。2022、2、22である。まあこれはこれでよい。北京オリンピックも終わり、テレビも静かになった。同じことの繰り返し、見ていない人に対するサービスかもしれないが、テレビを見る人はいつも見ている人であり、見ていない人は大体いつも見ていない。アナ嬢の紋きりの常道質問うんざりである。

議会は衆議院予算が可決された。面白かったのは、意外だったが、玉木の国民民主が、賛成の側に回ったこと。やるなーと思ってしまう。「トリガー条項」の凍結解除に同調したらしい。じゃあ他の点はいいのかと言いたくなるが、社会民主への面当てかもしれない。

テレビに映る「カナ表記」、なおこだわりの念しきり。思考するに、もはやこの語、日本語にしえないカナ表現に出くわしてしまう。ほんのわずかな時間内に、次のような語句が次々出てきた。

コミュニケーション、スイッチ、ハザード、メッセージ、マネージャー、マーチ、ツンデラ感、アニメ……。これらは日本語に里帰りは難しくなっている。

最近、自分の読書の進行が少々鈍ってきている。読書は自分の時が停止する実感がよろしい。その世界に一時入り込み道草し時を経験し、同じ時点に戻れる。一時点で二つの世界に住めることである。

向田邦子の『ベスト・エッセイ』を妹の和子氏が編集、文庫化されたので、改めて読んでみた。『父の詫び状』がやはりベスト。読後、泣き虫のこの爺、涙。両価性という言葉があるが、この人、このアンビバレンツの所有者のごとし。アンビバレンツは同時に反対の感情が存在すること。多小とも病理性あり。普通の意味で、愛・憎相半ばするといったこと。自分の婚期を一六勝負と言い、博奕の〝丁か半か〟を婚期にかける随筆の妙。やたらと反語が多いのも特徴。この人の後の人生を予見させるような一遍がある。『お辞儀』と題されている。このなかに、飛行機に乗る母のことが書かれ、飛行機の飛び立つとき、〝どうか落ちないでください。どうしても落ちるのだったら帰りにしてください〟と祈りたい気持ちになる。文の妙味はすごい。ゆったりとそしてそそっかしさ。凡と非凡。謙遜と矜持、など、反語の綾が絡まり進む。劇中人物には、以下のような人物が入りヒトとなる。

偏食、好色、内弁慶、小心、テレ屋、甘ったれ、体裁や、凝り性、女房自慢、癇癪持ち、医者嫌い、健忘症、風呂嫌い、尊大、気まぐれ、おっちょこちょい……。読んでいて思った。ほんとうにそうだと思うことを人に知らせる。書くことは、脚色の妙が必要で向田邦子に充満している。ともかく、好奇心です、この人。若くして死んだこの人、全て決めかねる御仁にみえるが、なぜにそう決めてしまったのか。

向田邦子は子供らしい大人であり、生々しい大人である。わかっていて、わからないものの代弁者。当たり前のことをもっと当たり前にして見せる人である。

2月24日

2件気になった。一つは新聞の見出し（山陽新聞朝刊）。北京五輪で銅メダルを獲得した備前出身の選手が、「凱旋《がいせん》し、市民栄誉賞を受賞した」との見出し。それ自体は喜ばしい。ただ、ガイセンという漢字に思いがある。この爺の子供の頃、〝支那事変　南京攻略　凱旋の兵士〟などの追憶が脳裏に浮かんだ。今回の〝凱旋〟が使われたのは書き手がかなり年配の方だろうかと思ったりする。すでに凱旋などは古語に近いもので使われない文字の一つであろう。辞書には、それでもまだ社会常識語として記載され、戦勝など勝利した際に使われると書いてある。そう言えば、〝パリの凱旋門〟がある。ともあれ、舞台は北京であり、中国の古都でもある。銅メダルも勝利のうちの一つかもしれないが、「備前凱旋」とは、少々書き過ぎではないかと、老爺は思う。

もう一つは、今日の社説（山陽新聞）の医学部女性問題である。この爺も在職中、医学部入試委員長などを務めていて、女医さんのことでいろいろ呻吟したことがある。今回の新聞の「社説」の要点は、女性活躍に際しての働き方がカギであるというもので、筆者もそのとおりだと思う。自分の在職責任は、１９７５－１９９０年頃で、当時医学部医学科の女子学生の占める割合は、おおよそ30％に達するかどうかという数であったように記憶している。今、もっと多く、半数近く女性が占めるようになっているのではないか。この女性進出の成果に期待したいが、ことの成果は女性自身の意識改革にかかっている。医師の働き方の原点には、そもそも医師自体の素質というか、医師というアイデンティティーそのものは大丈夫か維持され育まれて居るのかという基本的な問題がある。そもそも事は女性に限らず、偏差値能力と医師の業務には現在大きな乖離があって、医師にとって最も重要な社会活動能力に優れているものが医学部に入ってくるとは限らない。最も苦手の社会適応能力の持ち主に偏差値が高いといった行き違いが生じている。偏差値の高い者に有利な合格基準である。ところが、とくに臨床医学では、頭のすこぶるいい学生で、人間対応に合格しえないものが多いのが現実である。頭はよいが、人間対応の社会活動能力には問題の多い医者は、有名校に多くなるという皮肉な現象である。元をただせば、看護能力をも備えた人間学の総合に優れた医師の要請が肝要であろう。

2月26日

今日の新聞のどこにも二・二六事件の記事はなかった。わずかにどこかの番組紹介が一行あっただけ。まあこれはこれでよいが、世界はそれどころではなくなってきている。バイデン大統領の確たる予報通り、ロシアがウクライナに侵攻。キエフを目指している。傀傀儡政府を作り、NATOに加盟しない決議をさせ、ロシア連邦復活を計っている。世界はこの非道を一斉になじるが、国連の理事国にロシア在りで、事は進まない。どうなるか、この爺にも予測しがたいが、太平洋戦争で思わず助かり、朝鮮戦争、ベトナム戦争、イラン・イラク紛争、もう結構と思っていたら、またしても戦争、何回経験すればいいのか。いつまでたっても、人間の馬鹿さ加減は消えないらしい。長生きして意味のある人生を閉じたい。事があちこちに飛び火しなければよいが。

3月3日

〈俳句考〉神野紗希著『日めくり子規・漱石』をめくっていて、季節から読み取った句聖の身辺が、自分にも共通のひと時を想起させるものがあった。この書は、子規漱石を並べ、同年同日頃の句として対比し日めくりになっている。

無精さや　布団の中で　足袋を脱ぐ（子規）1月13日

正月の　男と言われ　拙に処す（漱石）1月5日

この爺の記憶では、自分の場合、炬燵に足を入れて足袋を脱いでいたのは、中・高時代で、郷里の実家では、炬燵と言えば、どの家にもあった〝掘り炬燵〟であった。布団をかけたやぐら机に炭団や炭がそのまま灰の中に入れられ周囲を家族で囲み時を過ごした。

五木寛之氏の〈新・地図のない旅‥148〉。「もの言わぬは腹ふくるるわざなり」で書きだされた何時ものの軽快な筆致。今回は、ホテルなどに見られる洒落た表示が年寄りにはなじめないというもの。同感ではあるが、この辺はすでに当たり前になっていて、この爺にはもはや感動を憶えない領域になっている。五木さんは、ホテルの電話機の文字盤、トイレの表示などに抗議している。同感である。日本のデザインの表記は、日本語の末路の喘ぎである。この方に怒りが向かうのがこの爺。〝一言いいたいことが無数にある〟とこの大作家は言う。しかし、この人がこう言いだされてもあまり腹を立てておられるようにも思えない人柄ではある。

丁度、作家森まゆみが「山陽時評」に表現・批判の自由に、「寛容と妥協で向き合う」を書いていた。物書きは、それが時として、人を傷つけることがあると言う。英国の知人は、英国の基本はジェネロシティとコンプロマイズだからね、と強調する。英国の民主主義は筋金入り。寛容と妥協には、長い耕作が必要なのである。再度、言いたいが、日本語の混乱の終息は、この爺の死後にしてほしい。因みに、森まゆみの寛容と妥協は、それぞれ、generosity, compromise である。

3月5日

〈日付け無用〉いつものTV・BSの再放送を見ていて、今日は「六角精児の呑み鉄」だったが、美濃地方の歴史と、田舎路線廃止のことについてである。福井の九頭竜ダムから、六角氏は美濃長良川に向かうのだが、ここあたりも在来線の廃線の跡があちこちに見られる。前著、『米寿、そして』に、この長良川に沿う三野郡上《ぐじょう》の盆踊りが現在も脈々と続けられていることをやや妬ましく書いた。今回もまた思う。在来線廃止が目の前にあるわがふるさと芸備線東城駅は風前の灯に揺られている。美濃の方を見ていて、やはりこの方に歴史の重さのようなものを感じた。なるほど残されているものに差はないのかもしれないが、美濃には保存会の如きものが一応かっこよく残されていた。斎藤道三・明智光秀のゆかりのある所は違うと思ってしまう。備後東城辺りには、砂鉄採取程度の歴史しかないのであろうから、近く埋没するのだろう。

3月6日

〈ロシア糾弾の討論〉〝型通り〟ということを強く感じる。政党が集まるこの種の討論に型通りが予想され、その通りとなる。答える方、質す方、それぞれ発言内容はいつもの型通り。こう問い、こう答える、型通りである。予測可能な論理の展開である。こう言うだろうと予測ができる。質問する司会者においてもほぼ同じ。与党・準与党・準野党・野党は所詮スペクトル分布。討論の前後で、ほとんど何等の帰結は示されず、およそ〝型通り〟のやりとりである。めったにない機会だし、今回は全党一致して決議文くらい出してもよかろうと思う。少し、型を破って突っ込まないと、かの鉄腕プーチンには通じない。型破りの独裁者です。

3月12日

今冬は寒かった。1〜2月の電気代は今回4万円程度になった。電気代そのものが高いということもある。今日、今春はじめて摂氏20度になる。全国的のようである。毎年のことだが、この冬が寒かったので、余計に感じることになった。〝今年は、今年は〟というのにはもう十分聞き飽きた話ではある。

それにしても、ウクライナはひどいことになった。泥戦。住民の抵抗が続いている。報道に両サイドがあり、どこまでがどうなのか、真偽不明部分が多い。プーチンが世紀の悪玉となることにはもはや疑いない。こういうパラノイアを支えている一部の組織がロシアというものだろう。行き出すと、ナチスドイツ・ヒットラーとなる。思い起こせば、日本も、ハワイを急襲し、神の国日本の当然の道筋を主張した。同じことであり、どの国も同じようになる事態も歴史にはあるのだろうか。気の毒なのは住民である。何とかならないか。何もしてあげられないもどかしさである。これから、ゲリラとか地下組織、ひいては飢餓民族の傭兵の導入、などに至らなければよいが。

3月13日

大相撲大阪場所　久しぶりに観客。5000名くらいに制限はされている。照ノ富士、おかしい。生気がなく、肌の艶もわるい。負けるかもしれない。コロナ感染があり、けいこ不足である。そう診断しているがどうか。（後日譚：16日：休場となる）。

3月16日

山陽新幹線　岡山開業50年。１９７２年3月15日、新大阪―岡山に新幹線が延びてきた。自分、１９７０年、米留学を終えて帰国したころ、なにか、岡山が、大阪などと並んで全国に知れ渡ったかのごとく感じたのを想起する。今、２０２２年。差し引き、半世紀が経過したことになる。以来、新幹線は無事故だった。ところが、また東北に地震。白石辺りで新幹線脱線。日本の地震、確実に、数年おきにちゃんとやってくる。安全対策は日本の地震には勝てないのか。

「ウクライナ」ニュース生放送中、いきなり〝NO WAR〟が画面後方に出現。ロシアの政府系の番組放送中。驚いたし、やったやったの思い。痛快だった。この勇敢婦人、逮捕されるだろう。ロシア国内にこそプーチン批判が盛り上がればよい。

3月18日

「コロナ禍」についての論考が出ている（山陽新聞「文化」）。書き手は磯野真穂さん。〝排除の「異」から「違」へ〟がテーマ。これには出典があり、人類学者の山口昌男の「文化と両義性」を引用し、コロナ禍に援用されている。「違」と「異」には差異があるという。

「違」は自分にとっての内側の何か、「異」は外側の何かを指す。ペストで有名なカミュの「異邦人」は外からやってくる人に当たる。一方、腰に違和感の「違」は取り払う対象ではなく、解消しようとする内部事情のようなものである。この「異」と「違」を今回、コロナ禍に援用されている。コロナのウイルスを「異」とするかぎり、混乱は続くという。この論考、容易には追従しがたいが、文化人類学に多少とも興味を持ってきた自分にとっては、十分な視角を今回頂いたことになる。要は「違」として捉えていく社会の構築が必要であるということか。

3月25日

いよいよ暖かくなってきた。暖房への配慮が減少。西側の寝室への冷たい廊下が気にならなくなった。

ウクライナ、いよいよ長期化。どのニュースがどうなのか、定かではなく、同じ場面を何度も使うから、あまり変わっていないのだろうと思う。ウクライナ大統領、日本にも呼びかけ、助けを要請した。プーチン、果たして追い込まれているのか、内部崩壊に至ればよいが。

ロシア情報に通じている大学教授の文言にたよった解説が、次々に登場しているが、どの答えにも疑問符が多く、一般人もそう思う程度の答えしか戻っていない。もどかしい。大きく歴史的にみると、強引な手腕はやはりもろさを持つと思う。プーチンは自滅していく。それが歴史だろう。ウクライナの一老人がつぶやいた。〝跪くよりも死を、ロシアは何を望んでいるのか〟、そして、〝ナチスドイツで生き延び、プーチンで死ぬ〟。一人の老人は96歳であった。

〈サッカー・ワールドカップ〉　日本、豪州に2―0で勝ち、出場を果たす。思うに、自分の記憶では、この豪州戦にしても勝ったことがあるのだろうかという思いが残ってきた。すっきり、勝った記憶がない。世界順位は日本の方が上らしい。因みに、このワールドカップ出場はどの国にも鬼門らしい。今年、イタリアという強国に戸を閉ざしたのだから。

2016年ころの「上高地」涸沢、モルゲンロート、横尾、クマよけ鈴、孫が山に登れるようになったので、眼鏡橋から涸沢に足を延ばしても大丈夫と祖父は思ったと。こちらは、眼鏡橋どまりで高級ホテルに鎮座。フランス料理になじまない数日を過ごしたのみ。されど、上高地、まあ念願だったのでそれでよいか。（2020年10月末出向）。2016年の記録。〝登れるようになった孫のために〟という内容。

4月1日

高校野球。大阪桐蔭が圧倒的な強さで優勝。コロナ禍で突如代理出場の近江高校が無残に散った。面白くない。桐蔭のような野球高が勝っても感激もない。記録ずくめもいい加減にしてほしい。野球のための高校では、全国で頑張る球児の人生教育にとってなんの名誉になるのか。際立った対象にうんざりする。

〈寸見・寸聞〉

ウクライナの首都キエフはロシア語だから、今後、〝キーウ〟というウクライナ語呼称になるそうである。

備後東城久代《くしろ》の花、ミチノクフクジュソウがテレビに。久代はわが郷里の東城の字で、少年時、何回か行ったことがある〝比婆郡《ひばぐん》東城町字久代〟。

April fool：最近あまり聞かない用語になった。嘘を言ってもよい日とは書いてない。いたずら・冗談でヒトをかついでもよいとされる日。

小林秀雄の言だったと思う箴言。「人間はその個性に合った事件に出会うものだ」（向田邦子の随筆『おかる勘平』の中だったかも）。

4月2日

『鳥獣戯画』現代版。最近の「ウクライナ」情勢を見ていると奇妙な時代遅れの戯画が脳裏に浮かぶ。一国の政治とは一体何か。一国は一匹の鳥獣に似ている。一腕は手招きに、一腕はこぶしに、一脚は媚態、一脚は足蹴構え。かくして一匹の鳥獣となる。最近の大国はかくのごとし。

因みに、『鳥獣戯画』はご存じ、京都高山寺に伝わる白猫の戯画絵巻。猿・兎・蛙の遊びを擬人化したもの。現代、一国の振る舞いはまるで一匹の怪獣に似ていないか。あちらに媚び、こちらに悪態、である。かくして歴史となる。

4月3日

〈ウクライナ問題〉報道に専門家、その道に詳しい人と称される人たちが次々に登場する。

ウクライナ問題においても連日その道の権威は大変であろう。昨日だったか、気になる報道があった。それは、ロシア側の統計によるものであろうが、〃プーチン支持が80％〃という高率である。これをその道の女性専門家といわれる教授先生が滔々と述べる。思いだすことがある。日本敗戦も真近、原爆投下も目前の頃、国民の大半はなお神国日本に神風が吹くなどと、それこそ80％が洗脳されていた。敗戦を感じながら、悲壮の中で信じるという異常な事態であった。ロシア・プーチンもこのような末期症状になりつつあるのであろうか。専門家は、単なる情報ではなく、その背後にある民の意識を鋭く感知しなければならない。元よりご存じとは思うが。一方、フェイク・ニュースということもある。

4月5日

〈桜前線〉　峠を越しつつうららの天候になってきた。今日あたりから20度前後に安定してくるようである。真庭別所の「醍醐桜」が新聞に出ている。樹齢1000年という。山里の高台に根を張り、幹回り約7m、枝張り20mとか。ふと今朝思ったが、この桜、どのくらいの期間樹齢1000年といわれるのだろうか。大体1000年は経過しているということだろうから、もうずいぶん前から1000年であり、当分まだ1000年は続くだろう。１０００年ともなれば、居座ってよいのだろう。人間の寿命は今１００歳時代になった。この卒寿爺の場合、最近、正確に何歳何カ月が解らなくなってきた。90歳であろうと、91歳だったか、わからなくなった。どうでもよいし、日付に疎くなる。樹齢１０００年のごとく、いつまでも卒寿で纏めて残りを進みたい。

4月6日

〈オオサンショウウオ〉 広島元安川、原爆ドームに近く、汽水域に現れたという。驚いた。発見されたのは、川に入る敷石の段があるが、その上の方で、地上に近い。オオサンショウウオはこのあたり、西日本に生息する両生類のルーツ的存在。私の主催した「日本社会精神医学会」(岡山学会)でもいわば大会シンボルとして掲げた。今時、稀な象徴的生き物である。何を思って流れてきただろうか。太田川上流も住みにくくなっているのか。浅い清流の奥深い石の下で、何を待つでもなく、悠久のせせらぎに身を任せられなくなったのだろうか。

〈ウクライナ問題〉 ロシアのウクライナ侵略、人道に悖る虐殺が伝えられ、日増しに非難が高まっている。ジェノサイド、虐殺は人道に悖る非人間的な行為である。いまさら思いだしたくない史実は身近にもある。余計につらい。ロシア兵の資質が悪いのだろう。どう国連は対処していくのか。ともかく、国連が金縛りになってきてしまった。侵略の常任理事国が取り仕切る前代未聞の組織である。

椿の大木から、樹下一面に深紅の花弁が敷き詰められている写真が載っている。異様な感がした。母の嫌った椿、下手な句で、〝椿花　首落つると　母は忌む〟と書いたことがある。

4月12日

〈プロ野球〉　佐々木朗希（ロッテ）完全試合達成

実現されたのは10日、本拠地マリンスタジアム。史上16人目であるが、28年ぶり。20歳5カ月での達成は再年少。躍動!飛び跳ねるが如き投球を見る。驚きである。

〈JR　備後東城駅〉　危うし!

JRはローカル線収支初公表。芸備線新見―東城間最悪という。以前にもこのことはここに書いた。風前の灯！　わが故郷の駅は消滅するだろう。両知事、あたり障りの無きややや冷ややかな談話。われ思うに、町民投票をなし、岡山帰属を決定できないのだろうか。ややや突飛な私見だが、備後東城は言葉、スラング、気質、すべて岡山というか、備後であり、吉備に総括されるわが里である。かって、戦後、広島も遠く、岡山は他県、みんなこぞって、いっそ行くなら東京へだった。

当時はすべてJR。岡山まで3時間、広島までは5時間を要した。幼児、東城の隣は野馳村で2～3キロで岡山県だったから、時折何かそのことが頭にあったような気がしている。懐旧の念空し。

4月13日

〈健康問題〉今朝の五木寛之、『地図の無い旅』に、氏が最近腰痛に悩まされ、精査を受け、股関節変形症と言われたことを書いている。結局、クスリを飲むか飲まないかとか、今後の戸惑いに悩まされているようである。老人、この爺と五木寛之も同年代だろう。足腰の痛みはまずあって当たり前である。ここでどうしようかということではないように思う。今日まで問題にならなかったとすればそれで素晴らしいことである。故障がない方がおかしい。しかも、氏は現代医学はなお十分進歩していないのではないかと訝っている。これは、やや贅沢な嘆きと言ってよい。問題は加齢の範囲のことに過ぎない。今朝の記事は、氏がまだまだ大丈夫である証を宣言していると言ってよい。

〈ウクライナ戦争〉首都キエフ近郊死者1222人。ウクライナの悲劇。国連は何もできないのか！　何時になるかはそれとして、プーチンはどのように逃亡するのだろうか。どこに逃げても、どう叫ぼうと、歴史に汚名を刻まれるだろう。

4月14日

〈健康問題〉妻のほうの親戚になる泌尿器が専門で内科医のY君は、会うたびに、一日2リットルの水分補給が必要だと教えてくれる。2リットルは少々無理の感がするが、ともかくこの忠告は守るようにしている。年のせいか、夜間、足の裏が焼けるように感じたり、ムズムズ感に近く、restless syndrome などを頭において対処している。結論として、なにか効果的なのは、この水分補給が十分であるかないかが関係しているように思う。特に夕刻になる前に、十分水を取るように努力する。満足にいった場合、その日の寝室は平穏のように思う。医者の癖に根拠も薄い話で恐縮であるが、腎臓基本の漢方などによる見解かもしれない。ただし、夕刻以降、やたらと水を飲まれると、言わずもがな、おトイレはますます近く、睡眠不足というより深刻な問題をひきおこすことになりますぞ！

〈ロシアのこと〉

〝プーチンの行為は明確に虐殺である〟と断じたと報じられている。アメリカ大統領バイデンの言。私はこれまでずいぶんロシアの小説を読んできた。20歳前後からだからもう長い。ドストエフスキーが主たるものだった。老年になって、彼自身がてんかんを病んでいた関係で、病跡学会とも関係づけ論じた。自分の限られた範囲の印象に過ぎないが、ドストエフスキーに限るのかどうかは小生には不明だが、どうもロシアという国には、陰惨というか、殺伐というか、攻撃的というか、〝殺し〟の舞台があるような気がする。冬の長い暖炉、疑心暗鬼の果てしない人間関係、などを感じている。

4月16日

〈コロナ禍〉中国は上海でオミクロンが猛威を振るい、これを完全封鎖で対した習近平政策が裏目に出て、ビールスの勝利、市民の疲弊敗北となっている。諸外国では、with Corona

で纏められる対策の中を進んできた。日本では、尾身会長の総括で、タイプも異なれば、疾病による症状にも変化があり、対処に柔軟性が求められてきた。従って、罹患数を従来通り繰り返し報告するNHKの報道にももっと工夫が必要ではないか。少し前、この卒寿爺は指摘した。民族大移動で生きる民族は、弱者を振り切って移動する。農耕民族は、その場で皆で祈り回復を祈願する。日本も今回のコロナ禍のなか、with Corona で進む移動民族ばりの指針が求められている。ワクチン開発をはじめ、抗生物質を上回る新薬の開発など、ビールスに打ち勝つ研究の成果が待たれる。歴史は繰り返すが、どの時代、あの時、この時、人の生きざまには天からの贈り物がそれぞれ異なって降りかかるのであろうか。

4月19日

〈寸見・寸聞〉なんとなく毎週見る番組は決まってくる。日曜日朝、NHKは「自然百景」「小さな旅」である。再放送も少なく、地味な取材で好感が持てる。今週は、都幾川というのか、これも荒川の上流ということになるのか、40種に及ぶ小鳥たちの群れが映っている。荒川というのは30キロ程度の長さの川だが、東京にそそぐこともあって、その上流には豊な自然百景がみられる。以前にも、長瀞の紅葉、行田の田んぼなどが取材されていて面白かった。『連ならず　長瀞の紅葉も　荒川か』、『行田の田　これも荒川　巧みの美』をいつか詠んだことがある。

「小さな旅」は「そうめん」だった。鈴鹿山脈の吹き降ろしに、そうめんが揺れている。三重四日市に近い、〝大矢知そうめん〟と聞いたように思う。当地の「そうめん」が名物だそうである。そうめんも各地にあるのだろう。ささやかな家内操業に見えてよかった。ここは、大正時代から１００年続く名物らしく、今では10軒ばかりになっているとか。鈴鹿山脈の雪渓が背後の空にくっきりと映っていた。ここから吹き降ろす寒風がサラサラの名物となって風になびいていた。

〈ダサイな〝邦語化フレーズ〟のこと。〉　ここでも専門家と名乗られている人の解説。今朝は、〝オーラル・フレイル・リスク〟である。カムカム調理、パタカラ体操、味噌マヨ、……きりがないので中止する。最後は純粋の日本語で、〝ワカタカカゲ（若隆景）、ああ！

４月20日

〈ウクライナ問題〉　ロシアが優勢になって、もはやウクライナの抵抗にも陰りがある。このまま席捲されていくのだろうか。何とも言えない不快さである。人の領内に入り、〟もともとはわが領土であり、地域住民は親ロシア派である〟という。なんたるこじつけであろうか。武器をもって入り込み、住民を虐殺する。これが21世紀の現実なのであろうか。掘り下げていくという報道番組の空しさ、国連の無力さ、が何とも言えない空虚である。たとえロシアが制圧しても、ウクライナの正当性はゲリラ活動となって反ナチスのごとく浸透潜伏していくだろう。

4月24日

一昨年会長として開催した「日本社会精神医学会」のシンボルとして、吉備の里に生息する「オオサンショウウオ（大山椒魚）を、当地特有種を掲げて会を行った。今日偶然に、岐阜は長良川上流に和良川という渓谷に近い清流があり、そこにワラサというらしいが、このオオサンショウウオが、〟すぐにでも３００匹くらいは見つかりますよ〟というアユ釣り人の言があり、びっくりした。話半分としても驚いた。この山椒魚生息の一番の束はこの岐阜県あたりと心得てはいるが、備前方面に多いとされる特有の生息は疑わしくなった。もっと調査をしてみたい。

もうひとつ。日本最南端西表島のサンゴ礁は、世界有数の規模である。それはそれとして、面白いのは、その周辺海域に住むハゼの種類がやたらと多いそうで、何種類かのハゼの紹介があった。しかも小さくて2～3㎝のものが拡大されて写っており、そのツガイが生存競争に躍起になっていた。巨大な珊瑚礁群と小ハゼの群れ、生物生態の奇妙な対照が面白い。

4月28日

〈二つの死〉いつものように、岡大医学部の同窓会報『鶴翔会』（2022・4・4・1号）が届いた。最近、どうも「会員訃報」をすぐに見てしまう。新聞の訃報欄もかなり以前からよく目が行くところになっている。今回も、医学部卒業が自分に近かった人たちの名前を見る。自分と±10歳だとほぼ同時代人である。訃報欄で遠い昔を思い出し、記憶を掘り起こすこともある。今まで気づかずに過ごしてきた海馬が目を覚ますことも多い。一回り若い人の名前も見る。この卒寿爺より上の方の名前を見ることが少なくなり、年長さんに入ってきているのだろう。

なんとも痛ましい事故がおきた。人災である。知床観光が魅力になっている昨今、昨23日、「乗客乗員26人が、知床半島沖で遭難」。全員の水死である。中に、3歳の幼児がいた。当日朝、しけ、荒天が予想されてはいた。知床辺りでは、ままあることかもしれない。荒れれば戻ってくるくらいの死への出発だった。海が牙を立て、船長を含む全員が、北の海に投げ出された。昨日、27日、社長「私の判断」「間違い」謝罪会見。遺族目前の土下座も、なんの慰撫にもならないだろう。連れて行かれた3歳児もこの世に生きた人の一生といえるのだろうか。なんとも言えないもどかしさと腹立ちを覚える。

4月30日

〈ウクライナ問題〉国連のグテレス事務総長がキーウ入り。プーチンに直接会っている。実現したのも意外であり、プーチンの必死のツッパリが見えてくる。双方ののしりあいに終わっているが、この場面をロシア民衆に見せたのだろうか。そこは怪しい気がする。

〈プロ試合の審判〉先日、完全試合を達成したロッテの佐々木君、素晴らしかったし、26年ぶりの快挙で、わが生存中にまた味わった感激であるが、この若きヒーローに、審判が詰め寄ったというのが話題になっている。丁度今日、「滴一滴」もこのことについて指摘している。サッカーの試合で、「笛が目立つ」という言葉があるそうで、審判の動きが目立ち過ぎを揶揄するような意味らしいが、大リーグなどの試合では、不満やるかたない挙動はまま見ている。審判はそのまま知らん顔というのがいいのであって、審判が投手に詰め寄るとは、いただけない。投手はコントロールに苦慮し、微妙なコーナーを目指す。審判は軽く、あるいはさらりと、ジェスチャーたっぷりに手を挙げる。こういったやりとりに妙味があり、それぞれの権限内のことである。今日の審判はアウトコースには厳しいと、あらかじめ、審判の癖に言及されることもある。判定は微妙であり、人間のジャッジである。そのあたりがプロ試合の妙味でもある。

5月1日

〈カラス〉のこと。今日、明確な日付を確認した。今夕刻、操山東、仏心寺上空の鉄塔に、今夏初めてカラスの集合を見る。これから夏を通じて毎夕のスペクタルとなる。第一日夕、30〜50羽を数えた。

〈鉄塔に　カラス集いて　梅見落つ〉

〈水泳日本選手権〉オリンピック金メダリスト大橋悠依が勝ったが、気になる側面。この爺の言う、名人の境地になお達していない側面を見た。なるほど、凄い駆け引きで、オリンピック2冠を制した。その時の誇らしい表情としたたかさを見ている。今回、決勝の前から若手に追い上げられている表情を露骨に表し、勝てない自分に悲痛の表情を見せていた。メジャーに勝ち、後が続かないアスリート界は、この爺の言う、〃境地到達〃の有無にかかっている。メジャーの勝利は続かないのは当たり前。大橋嬢は30歳前後らしいが、あとで〃まだまだ10年近い若者には負けない〃と豪語していた。しかし、これからこのメジャー勝利のむずかしさを肝に銘じてもらいたい。彼女のしたたかな勝負強さはよくわかっているが、頂点の維持は束の間である。頂点はないと言ってもよい。その時、その日、入れ替わるのが勝負の世界。君臨の長さにも順列がある。いちどもその境地に達しなかったアスリートがすべてと言ってもよい。勝つは負ける前のひと時である。

「小さな旅」選。ＮＨＫ山本アナの北九州探訪（２０２０年の再放送）。若戸大橋を見て懐旧の念。東洋一のつり橋、「八幡製鉄所」などが蘇る。若松区にある先輩のＯ氏の病院に急遽応援を依頼され、2週間、代診をしたことがある。錆びた朱色の若戸大橋は当時東洋一のつり橋と言われていた。その若松区に滞在したわけである。すべて、詳細は忘却。岡山に帰り、留守中女房が自動車運転免許を取得したので、〃7万円〃少々要るという。貰ってきた丁度同じくらいの代診謝金をそのまま渡したことを想起した。翌年、次男が誕生し、50歳に近い頃のこと、50年前のことになる。

〈亡立花隆〉のこと。特集を見る。巨人の姿を想起。この人は田中総理とロッキードを思い起こしてしまうが、偉大さはもっと違うところに多くある。鋭い攻撃性の言辞と、人の言説を容易に差し挿ませない滔々たる話しぶりを記憶している。死ぬまで勉強するという。いろいろの論説があるが、医学用語の〃見当識〃も氏の研究テーマであった。見当識は「場所と時間」を出発点とする。老年期認知症対応の初めに出される質問、〃ここは何処ですか〃、〃今日は何日ですか〃というあれである。この単純なものから、哲学的な人生の重みを計る見当識、ひとの存在、歴史、要素、死、など、どれも一家言を持っていた。少々付言させてもらうと、意識の問題が残されていたのではないか。人の感覚や意識におけるタテ構造と呼んでおくが、異界や無意識の勉強が残されていたのではないかと思っている。この日記にこれ以上書くだけの力もないのでやめておくが、ともかく巨人立花隆は到底凡人の太刀打ちできるような小物ではなかった。気になるのは、氏の書斎にあった数万冊の書籍が、考えるところからか、すべて処分されていた。この次第はちょうどTVを見ていない部分に説明があったのであろう。

5月3日

一昨日か、メジャー勝利者について書いたが、今日の「クローズアップ現代」（NHK）で、有名アスリートの〝抑うつ・不安症候群〟を取り上げている。まま感じてきたが、メディアが持ち上げておいて、メディアが突き落とす、責任の所在の一端を見てきている。一方、わがクリニックの最前線には、もうかなり前からこの症候を見てきた。精神医学の専門域では、古くは、抑うつと不安の間には敷居があった。不安は神経症ととらえられ、抑うつはデプレッションで重度のものとして区分されてきた。最近は、新ウツとか、まあいろいろ物議をかもしている。私などは、講演会に出席したとき、うつ病の権威に、〝鬱病〟というカテゴリーはそもそも存在するのですかと尋ねたことがある。症状の背景にある脳内物質の生物学的追求が、いかにも症状を解析したかのごとく言う昨今。ともかく、臨床現場では、抑うつと不安を別に思考して事を進めることはできなくなっている。昨夜もこの番組で、金メダル氏の臆面をみて、気の毒になる。この問題は、けっして突出者の状態ではなく、極めて現代的な症状群である。頂点にあるものに見られるだけのものではない。社会不安の表現であり、症候群である。この爺ですら、一日に何人もこうした人たちに面接している。エリートもエリートだからというのではなく、社会の一員として、現代風潮に席捲されているということではないか。

〈軽井沢シャンソンコンクール〉という会があるそうで、なんと私の後輩日笠尚知君が、準グランプリを得たと山陽新聞が伝えている。びっくり。日頃、話ことばにいい音声を持っていると思ったことはあった。シャンソンとはまた！　彼のコンサートが今回岡山で開かれたというのである。１６０人の参会者が彼の歌に耳を傾けたと。しかもまた、知り合いの歯科関係の藤原ゆみさんの感想が載っていた。感激一入《ひとしお》。因みに、日笠君は、精神科医で早くからクリニックを開設し、よく知られているが、シャンソンに磨きをかけていたとは驚きである。次回の会はいつ開くのだろうか。ぜひ聴いてみたい。

〈ネペタラクトール〉という物質がある（らしい）。マタタビに含まれているもので、蚊を寄せ付けない効果をもっているとか。猫がこのマタタビを好むと聞いてはいた。今回、岩手大学の上野山怜子さん（24歳）という若い研究者が科学コンテストで最優秀賞をうけたのは、この物質の作用解明の論文が評価されたという。猫が寝転がって体に擦り付けるなどの行為を説明するものとか。サイエンスの販売元、米国科学振興協会が主催するコンテストでのものであり、評価が高い。

3題目は少々手前味噌。この爺の前著『米寿、そして』の11月19日に、なんとウクライナの夏について書いている。この時には、今のウクライナに思いが及ぶなどのことは一切なかった。しかし、私の文言に、〝キエフには色濃くロシアの影が見える〟と書いている。さらに、このウクライナは１２００年代、モンゴルによって滅亡。あと、ロシア支配。苦しい歴史が街ゆく人の顔に見えると重ねて私は書いた。色濃く残るロシア支配の先行きの厳しさなど、昨年、前著執筆時には今日を予想することなど思いもよらなかった。

5月7日

〈富山のチューリップ〉をテレビで見る。富山で有名なものもこのほかいろいろあるが殊の外、この球根は著明。チューリップはおよそ800種あるそうで、生まれは、中央アジアの高地。トルコでも代表の花とか。日本には1828年に入国。八重咲き、フリンジ、パーロット、アイキャッチャー、などがあるそうで、花びらは3枚、咢が3枚で、都合6枚花に見える。日本には、水野豊造とかいう人がはじめて導入したとか。……。以上、偶然垣間見たので間違いがあるかもしれない。今や、日本の陽春を飾るもっともポピュラーな球根になっている。

〈大谷103年ぶりの二刀流〉

大谷君、敵地ボストンでのレッドソックス戦にピッチャーと打者で出場。7回無失点、3勝。そして打者4番4打数2安打。チームは8―0で勝利投手。なんという快挙。マドン監督の評価、特筆に値すると思い、この爺の『各駅停車』に、特筆である。マドン曰く。「このレベルで普通ではないこと。これを当然とおもわないでほしい」。さらに同僚ウオルッシュは「後ろで守っていて、どの球も信じられない。どうして一人の人間がこんな才能をもっているのか」と唸った。因みに、103年前、かのベーブ・ルースは神様となった。大谷翔平はどういう祭壇を昇るのであろうか。イチロー選手とはまた違った人物である。思うに、この二刀流の原点は、どこにもそのルーツはあった。草野球のヒーローである。走攻守の三刀流である。どこの町にも村にもあった。戦後の一風景であったかもしれない。バッターは4番、投手、足も一番である。大谷君、走力も素晴らしい。盗塁王にもなれる。限りなき未来である。その代表として歴史に名を遺す人物になるのであろう。しかし、これを見届けるには、やんぬるかな、この爺に先は長くない。

5月9日

友人北村君が、何を思ったのか、多分、当方の「俳句」入門に加勢してくれているのであろう。先月は、三好達治の俳句帖、今月は、寺田寅彦の『俳句と地球物理』の差し入れである。この寺田寅彦は、夏目漱石時代との関連で、若い時から、片隅に、そして、大きな存在としていつも気になっていた。鋭く、詳細な理論で、鋭利鋭く周囲を席捲。今回このような形で、「天才科学者の俳句入門」に入学することになった次第。前置きはさておき、「天文と俳句」と題された章の紹介を試み、わが方のまとめにも供したい。抜粋、編曲する。

俳句季題の分類は普通には時候、天文、地理、人事、動物、植物である。初めの三つの項目における各季題の分け方は現代科学知識からみると、決して合理的であるとは思われない（と、先ずご託宣）。今日の天文学は、星の学問、気象学とはその分野を異にする。相当の学のある人でも、天文台と気象台との区別ができていないという。それはともかくとして、俳句季題のなかで、大部分はみな気象学的なものであるという。しかしまた、時候の部に入る立春とか、夏至とかいうのは気象学的な意味合いを持っている。余寒、肌寒、涼しい、暑いは気象学的である。一方、地理の部に入っている、雪解け、水温む、凍てる、水涸る、などは気象であり、汐干や初汐などは、天文だと言ってもよい。この寅彦流は、要するに、「天文」を従来の分類による天文だけに限らず、時候及び地理の一部分もひっくるめた、メテオロスの意味に解釈したいと、折り合っている。

俳句の生命が季節であり、これを除去してはもはや俳句ではない。単なるエピグラムだという。「時」の要素である時期の指定、時に無関係な不易だけでは俳諧にならない。具象的な映像、人間の生きた生活の一断面として、時の決定がそれこそ決定的な俳句の原点である。要するに、俳句は抽象された不易の言明だけではなく、具体的な姿の一映像でなければならないという。一見、偶然的な他物との配合によって、その配合によってそこにある必然的な決定的な真の相貌を描出する、これが俳句であるという。芭蕉の言、「発句は物をとり合わせれば出来る物也。それをよく取り合わするを上手といひ、あしきを下手といふなり」。物をもってこれをこがねを打ちのべたるようにありたしである。

一方、芭蕉の「あかあかと　日はつれなくも　秋の風」を取り上げ、一種名状しがたい皮膚感覚、実感の複合系を巧みに言い表しているといい、一方、科学的な真実をも正確にとらえているとコメントしている。散文的ではなく、感覚的な心理をも表現されたものであると。この句の「あかあか」は決して「赤赤」ではなく、からからと明るく乾ききった「つれなさ」であるという。世界全体がつれないと。この他、寅彦科学人は、俳句に見られる現象の物理学的解析に終始する抜群の境地を見ている。最後に、要するにと結ぶ。ここで言う「天文」の季題は俳句の第一要素たる「時」を決定すると同時に「天と地の間」の空間を暗示することによって、あるいは広大な景色の描写となり、あるいは、他の景物となる。子規が天文地理の季題が壮大なことを詠ずるに適していると言ったのも所由のあることだと。従って、動物や植物の季題で空間的背景を暗示することは困難であろうと結んでいる。

5月9日
〈ウクライナ問題〉 長期化する。大国の非が常態化。第3次世界大戦の勃発という人もある。チェコ・プラハのハベルの名前はそう遠い昔ではない。アフガニスタン、クリミアもほんの少し前だった。ロシアは、プーチンはもう前から、この仕事を始めていた。……
〈コロナ禍〉 罹患者の数は、全然減ってこない。一方、人の行き来は復活。印を付け、数だけを機械的に繰り返すメディアの愚。疫病に歴史あり。ビールスは変貌する。科学人追いつけず。民族はただかのモンゴルのごとく疾走するに仕方なし。……。

5月11日
〈赤字路線の芸備線〉の存続、風前の灯。恐らく廃線になるだろう。思うに、ローカル線維持は収支の改善ではない。地域という勾配のある経済均衡はその地のスポット的なマイナスを補う平均化が必要だろう。わがふるさと東城が、今廃線の目玉のようになっていて、終日、「東城駅」が目に付く。中国道のインターとしての効能を生かし、バス路線でこの道を走ることもやむを得ないのだろう。

〈弾圧の国〉 国の政策や、一般的な主張にしても、逐一、反政府的な発言に国家を挙げて口封じにかかる。こういう国は、大国だとか、第何位のＧＤＰとかいわれる資格はない。批判もあり、論争を繰り返す、通常の人の気持ちの表現である。いちいち反応するような国の将来は逆に苦しいものとなるだろう。

〈俳句のこと〉 〝芽吹き〟というのは季語ではない。〝木の芽《こめ》〟、木の芽風というのが、春の芽吹きを表す。しかし、どうもしっくりこない。私がはっと思って発句したのは、〝芽〟のようなものではなく、新緑がその初期、まるで枯れ葉のような茶褐色になる時期のことであった。枯れたかと思ったのである。〈枯れたかと　見上げし楠の　芽吹きかな〉。

〈〝パイゾン〟〉 ブラジルで、〝大きなお父さん〟という意味らしい。ブラジルからやってきた日系人のお父さん。素晴らしい人柄で、地域で、〝パイゾン〟と言われ慕われている。いい言葉で共感できた。この爺も、〝パイゾン〟と呼ばれて死にたい。

5月14日

〈寺田寅彦『俳句と地球物理』より〉

「二十二のアフォリズム」11．そのままを引用する。〝眼は、いつでも思ったときにすぐ閉じることが出来るように出来て居る。併し、耳の方は、自分では自分を閉じることが出来ないように出来て居る。何故だろう〟と書かれている。これは警句の一遍として書かれたものである。誠に言うべくして現代的、今に通用する文言ではある。今、ストレス難聴は身近な臨床になっている。「突発性難聴」という。この寅彦の言う如く、両耳の難聴というのはない。神様のお助けか。一方、眼の方はどうか。一方の眼だけ見えないという臨床には出くわしていない。耳の方は、聞きたくない心性を理解できるが、両耳だと生活自体が成立しないので神のご加護があるらしい。目の方は片目という格好には構造上無理があるように思う。ともかく、寅彦物理学は、寅彦社会心理学を予見していて面白い。

突発性難聴は、会社組織のような場合、普通、管理者側に認められることが多いのは、社員の言を無意識に封じようとする心性の一つであろう。失明とか、視力の消失は普通にはあまり見られない。ひどい場合、解離性障害と言われる方に入り、事柄がややこしくなる。

また の機会に解説する。

5月15日

〈沖縄　本土復帰　50周年〉　１９７２年、沖縄が米国より返還された。沖縄の犠牲については、日本人である以上、なんらかの責任を自覚すべき思いのようなものがあってしかるべきだろう。一方、日本が負けた１９４５年、私は広島で14歳時、被爆した。幸い一命を奇跡的にとりとめ、こうして今90歳まで生きてきた。沖縄が50年前、返還された時、つまり１９７２年、沖縄の紙幣がドルから円になったことに象徴される変化のことをよくは記憶していない。時の総理が音頭を取り万歳三唱するのをテレビでみても、当時への追慕の気持ちもわいてこない。当時の自分は、若かったとはいえ、まったく関心外のことだった。思えばけしからんことである。なんと、１９６８年、沖縄復帰の4年前、アメリカ政府の奨学金で留学していた。当時、学生運動がピークで、東大安田講堂が炎上した。自分はアメリカに居た。自分、家族のことしか考えていなかった。自分が飛び込んでいるウイスコンシン・マディソンでの適応に懸命であった。当時、日本で、国立大学医学部助手の給与は、本俸3万円前後であった。ウィスコンシンでは、年俸６６００米ドルで、月６００ドル少々、日本円で、1ドル：360円だから、18万円近くをもらっていたことになる。学問のために行ったという気もなく、家族ぐるみの海外旅行という気持ちはなかったものの、特別な感慨のなか夢中の2年半であった。ただ当時の日本が急速な成長を遂げ、まもなく円・ドル相場が動き始めるころであった。敗戦後27年で沖縄は復帰した。それから50年。すべてこの卒寿の齢に含まれる。若干の罪責感を覚えながら、当時を思う。

〈TV　NHK「小さな旅」：山本アナ〉北海道は東川町、旭岳の麓。清流の里の紹介。白樺の樹液が飲める。初春の語りかける風景。〝いいなーと思える幸せ〟に共感。

5月17日

〈寺田寅彦、続き〉彼が、今なお名を残している理由の一つは、勿論夏目漱石門下であったということであろう。物理学に長じ、多くの著書があることはよく知られている。もっとも、文芸家としても一流の部に入るのであるが。まず、漱石との接触の歴史をたどってみたい。

1878年（明治11年）東京生まれ。

1896年、18歳、高知県立第一中学校を首席で卒業。熊本の五高に無試験合格。この年、漱石に英語の授業を受け、出会いとなる。

1900年、イギリスに留学する漱石を横浜埠頭で見送る。

1906年、28歳。「木曜会」に出席。メンバーに高浜虚子、内田百閒の名前を見る。

1916年、38歳。夏目漱石死去。

1917年、「漱石全集」の編集委員。俳句雑誌「渋柿」に短歌を発表。

1921年、43歳。第一回、漱石俳句研究会を開く。連句に関心。

1925年、47歳。「漱石俳句研究」を刊行。……。


〈俳句と地球物理〉

『五月の唯物論』は大阪朝日新聞の1935年に載っている。かれの得意の角度からの俳句論考である。


四月と五月は若い時には、この燃えるような春の兆しが何か憂鬱を齎したと言う。不安と憂鬱。しかし、秋の風で急に回復した。なにか、季節変動と健康論を展開し、本来というか、得意の生理学的角度から自然を見る。そして、自分が具体的な事由もなしに憂うつになったり快活になったりするのは内分泌ホルモン分泌によるのではないかと言い始めている。そして、このような季節・天候の変化が生理的変化に影響を及ぼし、精神的作用に響いてくると。結局、この内分泌に関係する生化学的問題に帰納されていく。春過ぎて若葉が茂るのも、山時鳥の啼き渡るのもみんな生化学の問題である、と言いながら、学問重視に相矛盾する口外に揺れているようにも思える。もう少し寺田寅彦に迫っていない。後にしたい。今日の日記はここまでにする。

5月19日

政治談議。ラグビーの用語だろうか。〝ノーサイド〟という用語がある。〝試合終了〟、〝どちら側にもつかない〟という意味を表す。ここ2、3日、「ウクライナ問題」のニュースが新聞に少なくなった。今朝の「キーウ共同」を読んでいて、報道の中立というか、真実でもよいがあらためて関心がわく。ここで、今日の報道を逐一たどってみることにする。基本は、ノーサイドの受け止めである。

「兵士と捕虜交換要求　ウクライナ、ロは難色」が見出し。

ウクライナ国防省次官は、南東部の激戦地マリウポリのアゾフスタリ製鉄所からロシア側支配地域に退避した兵士について、ウクライナが拘束しているロシア兵捕虜との交換を求める考えを明らかにした。一方、ロシアの下院議長は、「犯罪者」は裁判を受けなければならないと述べ、引き渡しに難色を示した。負傷者を含むウクライナ側兵士の処遇が新たな焦点となる。製鉄所からウクライナ側部隊の「投降」が本格化したことで、ロシア軍はウクライナ軍の主力が抗戦を続ける東部ドネツク州北西部の攻略に向けた動きを加速させる構えだ。ロシア国防省は18日、製鉄所構内から過去24時間に負傷者29人を含む694人が投降し捕虜になったと発表。今月16日からの合計は959人になったと明らかにした。17日には、前夜に西部リビウス州と東部ハリコフ州内の鉄道施設を巡航ミサイル『カリブル』などで攻撃し、東部ドンバス地域に向けて運ばれる欧米供与の兵器を破壊したと発表。ロシアのメディアは、「ナチスの犯罪者」とみなされた兵士と、ロシア兵捕虜の交換を禁じる法案が下院で審議されると報道。ロイター通信によると、ロシアのペスコフ大統領補佐官は17日、プーチン大統領がウクライナ側の兵士について「国際的な基準に従って、」扱われることを保証していると述べた。製鉄所にはウクライナ内務省系の軍事組織「アゾフ連帯」などが残り、最後の抵抗を続けていた。ロシア側はウクライナ部隊が「降伏した」と発表した。製鉄所からは17日も、ウクライナ側の兵士らが大型バス数台で搬送された。アゾフ連帯を巡ってはロシア法務省が17日、テロ組織認定に関する審理を今月下旬に最高裁判所で開くと発表した。捜査当局も兵士らに尋問する方針を明らかにした。

以上が、今日の「キーウ共同」の報道で、ほぼそのままの転載である。ウクライナの現状と「鉄工所」の攻防を巡る両方の側の見解をそのまま報道している。この点において、ノーサイドではあるし、侵略者が侵略をそもそも最初から正当な攻撃であると思っている姿勢がよくわかる。それにしても、ロシア内部では、大真面目でウクライナ・ナチスを裁判にかけるという。開いた口がふさがらないとはこのことである。国の防御にはそもそもノーサイドは存在しない。呆れたが、事実の報道である。ロシア法廷の大真面目な馬鹿さ加減も事実であろうし、そのまま書かれた今回の「キーウ共同」の方には、十分なノーサイドを感じる。

〝レバ・にら〟〝にら・レバ〟はどちらが正しいかとか問うている。どう呼ぶか、逸話・文献の類を知らないと正解にならない。「天才バガモン」とかいう番組を知らないと、馬鹿になる。きいていてあほらしい。

5月21日

「1円玉にすっぽり入る大きさの〝ハッチョウトンボ〟」。総社のヒイゴ池とかの湿地帯に、世界最小クラスのトンボ〝ハッチョウトンボ〟が飛び交っているという（山陽新聞）。体長2センチである。1円玉にすっぽり入る大きさ。準絶滅危惧種である。しかし、今年は例年になく数も多いとか。真っ赤に色づくのは雄。この界隈で繁殖行動が観察されている。1匹だけを新聞で見ていると、普通のトンボの大きさに見え、深紅の尻尾も大きな目玉も同じで、トンボの姿をちゃんと見せている。これが、1円玉の大きさとは、改めて創造の妙というか、進化の秘というか、命の営みというか、感慨一入。

〝ボーッと生きてんじゃねえよ！〟の再放送を流れるままに見ていた。カレー・ライスか、ライス・カレーかに似ている。おまけに、〝そんなことを知らないと、チコちゃんに叱られますよ〟、〝馬鹿な日本人のなんと多いことか〟、の紋きりセリフ。どうにも聞いておれない。そろそろネタもつきた。物事にこじつけはままあっておかしくはないが、〝馬鹿呼ばわり〟は自虐の表現である。日本語に再考の余地ありである。

野党の幹部某氏が、国内の〝ロシア語表記〟はけしからんと言って、これがバッシングの対象になり、あわてて、撤回したとか。選挙が近くなり、なんとか党勢を拡大したいと躍起の言動が目立つ。国民はそれをよく知っているから、そんな人気取りには動かない。政治変動はどこかのほころびや、思わぬ陥穽や歪みの決壊によって動く、と私は思っている。野党の存在は必要不可欠である。野党において培われる忍耐と希望、これが政治を動かす潜在力ではないか。

5月24日

バイデン大統領来日。昨日より来ている。この人、失言の多いことで知られているとか。よく知らなかった。それあらぬか、昨日の記者会見で、記者の質問に際して、米ホワイトハウスより、慌てて訂正させられるような発言がつい洩れたとか。台湾有事関与はあるかに対して、〝I will〟とか、確かに肯定の発言があった。丁度、私もその場面を見ていたし、それらしい発言を、ほんのみじかい語句だったが、そう言った。あとでまた、取り上げられるかもしれない。この老爺から見れば、もっともっと言ってもよいような気がしてくる。今日の「さん太のさん考書」(山陽新聞)は、Out of the mouth comes evil (口は災いの元)

の日本語を問うている。バイデン大統領が失言居士であるのなら誠にタイミングよしではある。

大岡　信著の『折々のうた』は、かねてより本屋の棚に見てきたが、友人北村君が1冊を持ち込んでくれてから、「俳句」の方、句の解説が素晴らしく、句の持つ意味が解説されていて、その背後が解り易くなり、今回この書に魅せられている。「折々の歌」はかなりの分量の冊子になっている。この際、手に入れもっと接近したい。因みに、文化勲章受章者大岡信氏は1931年生まれで、この爺と同い年（2017年没）。

5月26日

〝大岡　信先生〟と呼ぶことにする。早速、丸善に赴き、長谷川櫂編：大岡信『折々のうた』選、俳句（一）、（二）を購入。じっくり取り組みたい。

その前に、友人北村君の持ってきてくれた大岡信、「新　折々のうた1」に書かれている感銘部分の引用と、巻末の日本カナ書き事情ともいうべき箇所を引用し、この『各駅停車』で一言したいところ。

星野恒彦の「友舟へ　白菖《しょうぶ》一本　流しけり」の解説。心理の微妙な傾斜、風物の意表をつく動きをとらえた句である。その背後には、外国語の詩を慎重に読み解く労苦と喜びが自然に養い育ててくれた、綿密なものの見方が感じられる。この句には、ショウブ一本で結ばれる心の糸が繊細に揺れている、と書いている。

この本の「まえがき」の最後に外来語の扱いに触れているので、わが意を得たり、そのまま紹介する。

私がこの「折々のうた」執筆にあたって、ひそかな掟としてきたことは、この短い文章の中では、れっきとした「外来語」として日本語に定着しているもの（たとえばポスト、カステラ、ラジオのような）を除いて、まだ訳語さえ確定していないような外来語（たとえばポスト・モダンのような）は使うまいということだった、と明言している。さらに痛快なダメ押しが書かれる。現代日本における、あまりと言えばあまりな、気易い伝播をなさけないと思っている、と、ここではむしろ控えめな思いが書かれている。思うに、今の日本語、とりわけ言葉の先導役を務めるＮＨＫの外来語日本語化ともいうべきひどさに強い懸念を持っているこの爺に、今、心強い援軍を得たりである。「近代とは何か」という大問題につながる重要題目である。

5月29日

急に、やや急にというべきか。ニュースに騒々しさが消えてきた。ウクライナ側の反発が衰退、ロシアが既得権として民衆の弱さに付け込んでいる。小麦の輸出に門戸を開き、オデーサか、港を開放するという。その代わり、天然ガスの輸出制限を加減しろとか。人の家を滅茶滅茶に破壊し、民衆の生活自体を破壊し、そのうえ、子女を死の恐怖に追い込み、その挙げ句、もう取り引きに及ぶ。……。この爺にはいらだちのみ。鉄拳の刃はとどかない。残念である。

急に、夏らしくなってきた。29度を超えるかもしれない。床に下ろす素足の冷えが、同じ朝の22度でも、冷やりさが違う。知覚の面白さである。関東はもっと気温上昇、いつもの暑気の特徴がみられ始める。

6月2日

〈英女王〉在位70年の祝賀のライブをみた。それほど豪華とか贅を尽くしているの感はなく、大英帝国にはまあふさわしい程度の盛り上がりようであった。この女王、自分の卒寿とすっぽり重なっていて、いろいろ思い出すこともある。即位された70年前は、1952年ということになるから、自分は21歳の成人なり立てで大学時代ということになる。即位自体おぼろげな記憶しかない。その後、なにかと大きな存在になっていかれるのを見てきたということになる。昭和天皇と在位の前半を共有された。女王の来日、こちらの天皇の訪英、いずれも画面追想でよみがえったが、感動はさしてわかない。戦後、皇室自体の在り方が英国において喧しくなり、王室一家が経済の波にさらされ、自立とか予算削減が紙面を賑わせたことは記憶にある。皇室の在り方自体、よく整理していないが、自分は少年の「天皇万歳」に徹していたし、戦後の戸惑いの中、それでも価値のよりどころとしての皇室一家の平穏という意識に終始してきたということであろう。ともあれ、エリザベス女王という存在は長命ということよりも不変の強さを感じさせる。96歳、この卒寿爺、7日に91歳で同時代人である。自分などより、より遠く高い存在ではあるが、ついでに100歳までの在位を願いたい。

6月4日

〈拾い読み（山陽新聞）〉

山椒魚ならぬ〝ナゴヤダルマガエル〟なるものが、ここ岡山は真備町地区に生存、これまで絶滅危惧種のひとつであったらしいが、回復の兆しありとのことである。トノサマガエルの仲間であり、この名前からすぐに惹かれる思いになった。水田周辺や湿地に生息する。驚いたことに、この種、カエルにはなじみの水中が嫌ならしい。これでは生存に都合が悪いだろう。真備町における調査で、生存確認は１０８匹という心細い数字。18年には、50匹まで低下。なんと蛙の癖に泳げないという。20年には4匹にまで減少。水害後、いまなんとか回復中と書かれている。ナゴヤダルマガエルとよばれるから、東海が生息地の主たるものか、山椒魚の生態と似ているように思い、書き留めた。

医学部同級の難波正義君が、山陽新聞の『ＳＤＧｓ地域課題を探る』のパネリストを務め、「みんなにやさしいファッション」に、プラスチックの弊害を実験で示して見せてくれた。ミジンコの体内に非常に多くのマイクロプラスチックがみられ、細胞毒性物質の存在を確かめている。ごく身近な、牡蠣、アサリ、ハマグリ、などにこのプラスチック片を認めている。身近な友人が、生活密着に年を越えて挑んでいた。心強いレポート、感銘。

6月7日

朝早く、次男より誕生日のお祝い電話あり。この年で、心療を続けているのが驚異的であるという。〝仕事をやめれば、その時点で腑抜けになるかもしれないので続ける〞といっておく。なにか一言をというので、「これからもなお感動を持ち続けたい、感動を得たい、……」が目下の信条と答えておく。

〈TV「街歩き」〉は、フランス・トロワであった。木組みの街で知られている。驚いたのは、この地方、4500万年前、パリ平野のまっただ中、当時海の底にあった。だからか、地下の発掘が進み、多くの化石がそのまま出て来る。中でも貝類は普通だろうが、シャンパーニュが出てきたり、ブドウの木の根が見つかる。凄いロマンがそのまま。思考するに、パリ平野の下に沈むのだから、広く浅く広がった海だったろう。粘土質にみえる地下道もそれほど深くなく容易にアプローチできそう。〝木組みの街〞、そして独特な発掘道などに感動。

〈紫陽花の　所在《ところ》有りて　今日も過ぐ〉
〈過ぎ行くを　思えば梅雨の　晴れ間かな〉

6月8日
〈雑感〉探すものは見つからない。探さないものはそこにある。
政治とは、人の身体の部分を部位ごとに別々に動かすことのようである。たとえ右足と左足がバラバラでもかまわないらしい。

〝梅雨〟という用語にこだわりがある。何故だか自分にもよくわからない。梅雨は暦の上の言葉ではない。雅語という風流に尽きるものでもない。6月から7月の長雨をいう。入梅という。この時期、きまって本州に沿うように季節前線が停滞する。ジメジメ、しとしと、と降る雨は一般には嫌がられてきた。そうかといって、梅雨明けの猛暑に期待するというのでもない。互いの会話で、〝梅雨入り〟というあいさつ代わりの表現にもなっている。〈予報士は決めたがりしか梅雨入りを〉である。思うに、なにか違和感が募ってきた。地球温暖化、季節前線の様態が変化している。東西に長く横たわるゆったり感はなく、突如、地域限定というか、局地的というか、最近では、〝線状降雨帯〟が発生する。少し前には、〝湿舌〟とかの表現もみられてきた。もともと、梅雨の語源とか、いわば出所をよく知らない。地球の温暖化の今、〝梅雨入り〟などのお墨付けはもう不必要な言葉ではなかろうか。季節前線でよいと思う。初めに戻って、自分がどうしてこの〝梅雨〟用語にこだわるのかよくわからない。地球上の気象の変化がなにか脅威を憶えさせているのかもしれない。因みに、手元の漢和辞典を見たら面白いことが書いてあった。梅雨は「うめの実が熟するころに降る長雨。さみだれ。一説に、このころは物に黴《かび》が生えることから黴雨《ばいう》と言い、のち発音の似た梅の字を用いて梅雨となった」。そうなると、もともとよく降る雨の季節と梅とは特に関係はなかったということになる。進歩した気象庁はそろそろ〝梅雨〟に決着をつけて、晴れ晴れしたらどうですか、と思う。

6月11日

岡山地方特有がまた登場している。〝アユモドキ〟。ドジョウに似ていて、口もとに髭がある。京都と岡山地方に住んでいると。小林一郎さんという人の報告。数百万年前もともと、中国西部に生息していた。２０１５年、瀬戸で発見、アユモドキと命名された。数百匹が生存しているとか。もっとも、またうちのほうでもという報告が出て来るようにも思えるが。町外れの小川、流れのある用水などのあるところにひそかに生きのびているのであろう。アユの好む水流には遠い風物の産に見えたが、……。

6月12日

地域おこしとかいわれている。どうもしっくりこないが、今朝の「小さな旅」（NHK・中川みどりアナ）をみていて、自然に密着したものなら、可能性を秘めたものとして持続可能なものになるかもしれないと思う。千葉県北に、印旛沼、印旛村なのか、地図には印旛沼と明記されている地方がある。そこが今回の収録だった。ご当地いろいろと地域の発展に懸命のようである。米粉のシフォンとかもでているが、どうも特別なものでもないようであった。広い沼にとれるエビのから揚げも〝ビールに合うべー〟とかのつぶやきもあったが、一番気を引いたのが水草のアサザである。黄色の小花が特徴できれいだった。水草は印旛藻といわれる。学童と勇猛のご婦人のコラボが心地よかった。このアサザの咲きそろう時期に千葉は成田に近いこの地に行ってみたくなった。

6月15日

昨日、広島地方気象台は、「14日、岡山県など中国地方が梅雨入りしたとみられる」と発表した。またまた、梅雨談義で恐縮である。しかし、言わせてもらいたい。これもお役所の旧態依然の産物である。ラジオもテレビも無かった頃、漁師は指をかざして風を占い、夕日の海岸で遠く海を見て明日を占った。梅雨かどうかは死活問題であった。今は情報過多の時代である。昨日の予報士は、2、3日、また梅雨の晴れ間もあるでしょうと言う。お上の発表で矛盾のさらけ出しは、「平年より8日遅く、昨年より33日早い」と今年の特徴づけを発表している。なんと腑抜けの言い方だろうと思った。思うに、この公的な発表は今のメディアにとって、〝お墨付け〟としてどのような価値を持つのだろう。条例とでもいうようななにかがあるのだろうか。通常の予報の裏で、予報士はしきりと〝梅雨入り〟かどうかを問われ、言いたい言葉が空回りである。お上の発表はこの世界でも一物あるのだろうか。そしてである。7月ともなれば今度は〝梅雨明け〟を科学しなければならない。再度、この爺曰く、〝予報士は決めたかりしか梅雨入りを〟。雨期の豪雨対策のための予報にも〝梅雨入り〟はもはや無用であり、線状降雨帯出現などに科学的分析を進めてほしい。〝季節前線〟で十分。

6月18日

俳句の勉強をする。「NHK俳句7月号」より。

俳句は連想の次元を探っているように思える。ここには異なる次元の合わせ技、無関係にみえる接点の融合。余計な情報の回避。そして、納得しうる世界の表出。わかりやすい因果関係は句のポエジーを損ねるなど。最近の自分の界隈では、上記はわが創作に程遠く、少々うつ気分。(井上弘美vs岸本葉子:対談:頁13)。

6月21日

〈「街歩き」再放送〉だが、事がチェコ・スロバキアとなると別。見ていなかったと思い臨みこむ。ともかく、チェコといえば自分にとっては、カフカであり、ガラス製品、人形劇、そしてユダヤ人とナチス、そしてソ連とプラハの春である。こう書けば、すべてのような気もするが、なにか、思いの残る国であり歴史である。なにか妙に惹かれるものがある。フランツ・ヨーゼフ皇帝とガラス宝石。ガラス宝石の色と温度。クリスタルバレーは北ボヘミアにあり、ヤブロネツ宝石といわれている、など。そして、1968年のプラハの春。丁度この年、わが一家、奨学金を得てアメリカはウイスコンシン・マディソンに向かった年だった。プラハは人形劇で知られ、これは1928年来のものとか。などなど、チェコはなにか悲哀と詩情を覚えるものがある。ナチス・ソ連という両鬼に粉塵の目に遭いながら、空襲という破壊を受けなかった。奇しくもという単語はそのためにある。

6月25日

急に暑くなった。この山の上では32度程度と感じていたが、岡山35・0度で今年初の猛暑日になった。なにやかに新記録があり、こういちいち新記録となると、何がどうなのかわからず、どうでもよくなる。夕べの岡山の気象情報はそんな高温襲来は予想されてはいなかった。線状降雨帯の解明と同じく、急激な変化の予報は難しいのであろう。あまり予報には期待しないことにする。年寄りの勘の方が鋭いこともあろう。

それよりわが身のことだが、うちの家内が最近とみに弱ってきて、84歳相応ではあるが、座位からの起立が困難になってきた。この爺の介助が必要になってきている。まだ大丈夫ではあるが、91歳の介護人とはあまり聞いたことがない。今、『折々のうた』をめくっていて感動の句に出会った。「冬麗の　微塵となりて　去らんとす」、相馬僊子の句である。晴れ渡った冬の麗らかな日、大空に満ちて光そのものと化している塵。その微塵とわが身をなして、私はこの世を去ってゆくのだと。〝冬麗の微塵となりて〟が、何とも言えずよろしい。長谷川櫂先生の評釈を借りた。今日は、天気予報、わが山上界隈、老夫婦の生きざま、そして俳句勉強の日になった。

6月27日

「梅雨明け」だそうである。東海、関東甲信で、異例の速さである。中国地方も近いと岡山の予報士がつぶやいていた。またまた梅雨談義である。梅雨入りを宣言すると、その〝明け〟を宣言しなければならない。国土交通省の条例なのだろうか。人口に膾炙して長いこの〝梅雨〟、地球上の大気に異変があり、東西にわたる6月、7月の季節前線に異変あり。以後も同じことが起こるは必定である。そろそろ、この〝梅雨〟竪題、お払いにしてはどうか。あってもよろしいが、いかにもお役所式お披露目はこまる。俳句の世界ならよろしいが。梅雨《つゆ》、つゆ、入梅、梅雨入り、青梅雨、荒梅雨、空梅雨、梅雨明け、梅雨寒、など、先人に情緒あり。こういう世界の言葉であり、各地の気象予報士に制限をかけるものではなかろう。要は、6月、7月に日本列島に降る長雨のことである。今年も、7月にまた雨期があるだろう。その時には、梅雨の戻りと言えばよいのか、その宣言も省令になるのだろうか。季節前線と簡略にすればよい。

7月3日

〝猫にマタタビ〟はよく知られているが、この猫の行動についてはよく知らなかった。マタタビは木天蓼という植物。蔓を出してからまる落葉樹。長円形の実は猫が好んで食べる、ということくらいは知っていた。どうしてあのこすりつける行動をするのか知らなかった。ある研究によると、これは蚊よけ行動のようである。マタタビのもつ「ネペタラクトール」という物質を体にこすりつけ、マタタビの持つ蚊よけ樹液を身体につけているとのことである。ジャガーやライオンも同じ行動をするらしい。ネコ科の特許のようである。(この研究は、老眼の爺に自信はないが、放送画面の下に、「岡山理科大学」と書かれていたように瞥見した。)

多分、岡山は旭川下流、それも海との境界当たりの塩水との交わりのあるあたり、魚はボラ、水面から浮かび跳びあがってなにやらやっている。水面にしぶきが立ちボラが空中を舞いあがって落下する実景だった。どうして、そしてなにをやっているのかわからないらしい。周りの岸辺で、サギ、猫までがこのボラジャンプを不思議そうに見ていた。権威筋にもまだこのボラの飛翔、よくわかっていないらしい。はっきりしているのは、海水と淡水との出会いあたりをうろうろすることに起因するのではないかといわれている。

7月8日

この『卒寿各駅停車』は今日昼過ぎ、急停車である。安倍元首相が撃たれたの報が流れた。驚きである。総裁辞任後、菅さんを経て、岸田総理になった今、最近また健康を取り戻していた。今日のごとく、選挙応援に奔走されていた。昨夜もここ岡山に来ていたようである。そして今日、奈良は大和西大寺駅前にて凶弾に倒れた。現場で撮られた生々しい映像が突如の混乱をとらえていた。安倍さんは現在67歳。歴代最長政権を維持した。52歳という最少年齢で総理に就任した。この爺に残されている印象では、とにかく、すいすいと各国を訪れ、各国のトップと気軽に手を握ってきた人であった。何故狙われたのか。やはり、改憲・軍備を中心とする国威発揚を掲げる保守であり、所謂、右である。ここに、攻撃の方向が生まれるのだろう。海上自衛隊に所属した犯人は、安倍さんにつながるなにか政治団体との関係を疑い、これが妄想的構築に至ったものと思われる。孤独、隠蔽の中、ひそかに銃の作成に向かったのであろう。心肺停止は早く報道され、夕5時過ぎ死亡が発表された。なにかあっけない傑出人の最期であった。またもわが卒寿のエピローグに大きなインパクトを書き足すことになった。後日譚：宗教的背景が報道されている。

7月10日

人の死を考えてしまう。手元の正岡子規の『死後』を偶然見ている。子規は当時重篤な肺結核で自分の死の近いのを知っていた。それでも生来のアクティブな気性からすべてに挑戦の日々を持った。人は死を思考して不安に陥る人と、日々これ是々非々と楽天的な御仁がある。ともかく、確かなことは人は死ぬということである。子規は自分の死を感じていた。安倍首相は少なくとも奈良の朝、しかもあの街頭の演説場に近づき登壇し口を開いて聴衆に呼びかけた時、自分の死など思考することはなかったであろう。2分後撃たれ死亡した。1発目の銃弾は当たらず2発目が首と上腕を襲った。多量の出血、寸時に意識を失い、67年を想起せず、華々しい記憶のままあの世に行かれたことを願う。かって、太平洋戦争、18歳の若さで散った特攻隊の若者は自分の死を名誉あるものと感じ勇躍飛翔した。この爺、91歳、まだ生きている。14歳の朝、肩を接して座っていた小早川君は校舎の梁に直撃されあの世に逝った。その朝、私は死ななかった。以後、こうして生きて雑文を書いている。人は死ぬ。従って、死に入るときの意識に人の死の意識がないことを思いたい。人生の長さは死ぬ瞬間には存在しない。

折しも今、『折々のうた』(大岡信)を勉強しているが、丁度折しも死の句を相馬遷子なる俳人に見ている。「冬麗の　微塵となりて　去らんとす」である。作者は医師。重病の床にあり自らの死を間近にし、晴れ渡った冬の世を去らんとしている。麗らかで、大空に満ちて光そのものと化している塵。その微塵とわが身をなして、この世を去っていくとうたっている。今回、安倍首相から辞世の言葉を聞くこともかなわなかった。人は死ぬ瞬間、意識に映る自画像は夢のようなものだろうか。

7月15日

季節雨期に入った。再度、逆戻りである。かねがね気象に〝梅雨〟は不要を言い続けてきたこの爺にとってみれば、だから言ったじゃないのダジャレではないが、梅雨明けを気象庁が宣言したとき、7月に入ればまた降るよとすぐさま切り返したのも記憶に新しい。まあともかく、これから1週間はまだぐずつく。

安倍総理の国葬が営まれるという。秋の一日が予定されている。日々、事件の重さが増幅している。個人事情に発する一青年の暴挙と、歴史認識の間に大きな陥穽がぽっかり空いている。首相殺害・襲撃は日本ではある期間を経て再発してきた。大正ロマンの間隙を縫うように、五・一五、二・二六、など日本では稀であるとはいいがたい。ここに安倍さんがどう位置づけられるのだろうか。歴史は起こるべくして起こっているようにも思える。人の死には偶然性もあり、人知を超えた運命性のごときものもある。日本最長の政権維持をもった安倍首相もやはり歴史上に残る死の運命に従った。一個人の私情と歴史のエポックの間になお大きな距離がある。しかし、首相狙撃という大事件の生起は運命の必然かもしれない。一個人の妄想構築も時代の産物であり、どこかに大きな歴史という大氷山のなかの小さなそして巨大な爆薬かもしれない。

7月16日

コロナ罹患、第7波に入った。BA5とか、変異型の暴発、免疫力の低下、などなど。困った。筑波大学病跡学会への受賞のための出席は叶わぬかもしれない。早急に行くか取りやめるか、決めないといけないと思うが、心中未練がある。何とか出席したい思いが大きい。

〈TV「小さな旅」〉小さいが大きい青年の未来を感じた。一方、近々の事件の若者の狂った逆向も放送しきりである（安倍首相事件）。

今朝は、北海道は留萌の西方向、日本海にある天売島。テウリ島。国定公園に指定されている。海鳥の島。島にはすでに40〜50人の住人。一方、100万羽の渡り鳥が飛来、人を恐れない。ここに、高校教師を辞めて鳥の保護活動に未来を見る青年がいた。そしてもうひとりの主役は高校に学び、昼間、漁場で男の漁を手伝い、自分の未来を見据える青年。その方向にはしっかりした若者のまなざしを見た。

教師を辞めた青年は鳥の保護活動に生きがいを見ている。鳥の模型でウミガラスを呼び寄せる。一時、13羽まで減少したものを100羽にまで戻している。漁場の高校生は、先輩漁師の生きざまに感動し、自らの方向を自主的に求め自分の将来を見ている。そのそばで、先輩は決して強制しない温かいまなざしで少年を見つめていた。

7月18日

作家森まゆみさんが「山陽時評」に、安倍首相事件について書いている。この人の地域雑誌「谷中・根津・千駄木」は前著にその若干に触れ感動を書いたのは少し前だった。この方、安倍さんと同年齢らしい。今回の時評にも説得力があり、視点に同感を覚える。

まず、事件について、「民主主義への挑戦」だとか、「政治テロ」とする見方には賛同しかねると書く。この爺も、当初、岸田現総理がすぐさま発言した民主主義への挑戦だとかという文言には何か違和感がありそぐわないものを覚えた。容疑者が子供の頃、優秀の部に入りながら、霊感にはまった母親のもと崩れ去っていく。ロストジェネレイションであると森さんは言う。就職氷河期、非正規雇用、友人の不在。すべて個人に抱き込まれ脱出は困難。ここに宗教団体があった。母を見殺しにした明確に見えてこない宗教団体の肩代わりに、おそらくこれを支える大物政治家の存在に結論が向かう。森さんは、煩悶青年たちを過激な暴力に追い込まないために、「言いたいこと、悩み、苦しみ、それを率直に言い合える場が必要」であるという。同感である。森まゆみの前著「谷根千」にはそういう場があると聞いていた。「社会的包摂」、英語カナ書きはきらいだが、政治学者中島岳志のソシャル・インクルージョンSocial inclusionが肝要であると付言している。
折しも3年前の今日、あの「京都アニ事件」の起きた日である。自分の作が受け入れられず、この怨念を妄想構築の上、前代未聞の多数殺傷を産むことになった。ここにも、友の無い孤立の若者のどうしようもない結末を見るようでつらい。

7月23日

「コロナMA5」が、ここに至って猛烈な繁殖。来週の「病跡学会総会」に出席は無理かもしれない。本部の決定を待つが、月曜日の25日に現地開催か中止を決定するとか。その時点でのオンライン開催も難しいだろう。ともかく、授賞式*の参加は辞退するしかないだろう。東京駅から秋葉原、つくばエクスプレス、筑波学園の往復は、老人には厳しい。出席されない場合、記念品は送付しますとか、小林会長が前に言って来てくれている。ともかく一日何十万人の発症では、この卒寿、逃げきれないかもしれない。君子危うきに近寄らず。

*この卒寿、今年度、「日本病跡学会」学会賞を受賞する。

今朝、レム睡眠時、鮮やかな夢らしい夢を久しぶりに見た。部下だった藤岡邦子さんが居て、青森はなんといっても「酸ケ湯」です、一度いかれたらとか言っている。霧が立ち込め、タクシーが大きく曲がって坂道を降りたところに大きな学校の校舎のような建物が現れた。これが酸ケ湯ですと、彼女が言っている。霧にかすむ風景の鮮やかな残像を残してはっと目が覚めた。夢は忘れるので忘れぬうちにと思い今書いておく。

最近というか、ここ何年か、ずいぶん腹がへこみ腹囲が5〜6㎝縮小。古くなったこともあり、ベルトを新調した。首の周りも皮のツッパリが目立ち、見苦しいと家内がダメを押している。老化である。仕方なし。

7月24日

〈NHK「小さな旅」〉　埼玉は桶川。「紅の花」が主題であった。〞桶川臙脂〞ともいわれるそうで、もともと最上川流域の栽培が盛んで、山形県の県花だそうである。キク科の越年草。今回は、桶川市での花を通しての地域交流を見た。「紅の花」は生け花、ドライフラワーでよく知られている。〈紅花を　抱き挿す備前の　大壺に（石原八束）〉など、他にも多く歌われている。キク科とわかる風采で紅色に変化する。アザミの花に似る。末摘花《すえつむはな》・呉藍《くれない》とも呼ばれた。なんとも言えない身近さというか、花の良さが感じられる。長年の友、吉川君の郷里、山形県の花とは知りませんでした。

7月24日

〈大相撲名古屋場所〉逸ノ城の優勝に落ち着く。振り返れば納得ということになるが、そうかといってプロの解説者の言うことも、あまり素人のこの爺と変わらない。それにしても、MA5の広がりはすさまじい。幕内を含む二十数名の力士が罹患。不戦勝の勝ち名乗りばかり見ているようだった。大相撲に限らない。米国はバイデン大統領、こちらでは、官房長官が罹患している。今日、30日、筑波開催の病跡学会の開催か中止を決めるらしい。やるといっても、この老爺、出席は辞退したい。大丈夫とは思うが、もし罹患すれば閉じこもりを命じられるだろうし、老齢悪化の例証となるかもしれない。「賞」は送付してくれることになっている。百閒研究を今さら無理にしゃべることもない。

7月26日

サル痘、新入りのウイルス感染症が初めて日本で確認。東京都の30歳男性である。感染経路はやや微妙なところもあるよう。接触感染によるが、性的行為に関連しているような報道。臨床はそれほど厳しくはないよう。

〈「ふれあい街歩き」（ＮＨＫ：２０１５、３の再放送）〉　インド洋にある環礁の島、モルディブはマレーの探訪。人の良さというか、相互の支え合う人の島であり、ウミガメの島である。カツオ、マグロが中心の漁業。元は、スリランカからの移住民に始まったらしい。比較的最近のことらしい。１９７０年代とか。中央には近代的なビルの林立もあり、世界的なリゾートになっているのかもしれない。ココナツとカツオの揚げ物などおいしそうだった。ガルビンハルとか言ったウミガメの島、今絶滅危惧種になっている。大きなエイに餌づけをしていた。赤道直下の岩礁の連なりでできたリゾート、マレー、これからどうなっていくのか。一抹の不安と素朴な人たちの善意を見た。

7月28日
〈コロナ流行起源　中国武漢の市場〉

新型コロナウイルスの世界的流行は、生きた哺乳類が売られていた中国・武漢の「華南海鮮卸売場」が起源で、2019年11月中旬に動物から人間へのウイルスの感染が複数回起きていたとする研究結果を、米国の2チームが、26日、それぞれ米科学誌サイエンス電子版に発表した。これまで、蝙蝠を食べる習慣のある中国に発するものではないかとか、中国の研究所からウイルスが流出したとかの説を聞いていた。今回の発表は、果たして世界に受け入れられるものなのであろうかどうか、注目される。生きて食用にされた生物はタヌキらしい。ともかく、一般市民の居住する武漢の市場に出回っていた生きた生物が同定された。(山陽新聞：ワシントン共同)。何でも食べる習慣のある中国、まずこのあたりが最終的なスポットであろう。中国政府はどう言い逃れを試みるのだろうか。

7月30日

今日は本来なら、筑波学園に「病跡学会、学会賞」を受けるために出向いているはずだった。コロナ脅威に負け、出向を取りやめこうして自宅で書いている。会長佐藤慎二君が、受賞の弁を代読してくれるよう手配している。その中に、加藤敏さんへの感謝の言葉も入れておいた。「賞」は、あくまで努力賞だと自認させてもらっている。学会発表がこれまでに16回ある。今年の『ヘッセ精神史』上梓は、念願の集大成ではあるが、「論文博士」のなれの姿でもある。しかし、「論文」とは切り離されたそれなりの著書にはなっていると、言う人もいてくれる。ともかく「賞」は喜んで受けたい。今朝も8月が近く、テレビはまた原爆想起の番組を出してくる。当時、14歳で被爆し九死に一生の14歳少年が今、91歳となり、「学会賞」を受けることができた。この『卒寿　各駅停車』にこうして再度書かせてもらえるのは実に幸運のなせる業ではないかと、つくづく思う今朝である。

〈そぐわぬも　蝉とカラスの　序奏曲〉

〈たわわなる　無花果生りて　通り過ぐ〉

8月1日

〈安倍氏国葬　反対53％〉が一面トップ。事件による安倍さんの急死には、私なりの弔意をささげたうえで今書いているが、何か問題が錯綜しているようで、このロートルは少々混乱の心境。率直な思いは、安倍首相葬儀の国葬提起は時期尚早ではないかと思う。年内決行の必要があるのだろうが、その形式である国葬は、今世相が揺らぎ過ぎていて、その是非そのものの審議に入れないように思う。加えて、犯人の思考過程には疑問があり、精神鑑定の必要性も出てきている。そして、問題の宗教団体は長年にわたる国会議員との交流の有無が問題である。安倍総理も長年トップの座にいたわけで、犯人がその長に対して矛先を向けたのもあながち無縁とは言えないだろう。加えて、第7波MA5の猛威、ウクライナ問題に発する世界的な情勢など、国民の不安は、安倍さんの葬儀どころではない。今、じっくり考える余裕がない。この時点で問題を問うと、反対派の勢いにつながるだろうし、「共同通信」が方向不明、根拠転嫁の「風評通信」化してしまう。国葬反対者や野党によろしい偏向を産むかもしれない。

8月2日

最近夜遅く、松任谷由実がモンゴルに入り、「ホーミーへの旅」として、現地の生のオリジナルを学んでいた番組を見た。アルタイ山脈の広大な原野にビンビンと響く例の音調。喉ホーミーとか、胸ホーミーとか言う。現地の名人に聞き入るユーミンこと松任谷由実の顔貌になにか現地人そのものを感じる。音程は高く太い坊さんのお経にも似ていた。ルーツが近いのかもしれない。さらに、アフリカはソウルにも似た音調を憶えた。

〈プロ野球〉　ヤクルトスワローズの主砲村上宗隆が、対中日戦で、前試合からの3打席連続ホームランをさらに伸ばし、なんと5打席連続の大記録。驚いた。三振王でもあるが、九州男児、熊本かどこかの出身。これまでは3打席連続までで、青田昇ほか、20人もの選手が達成していた。この20人というのも意外に多かったのだが、5打席には参った。かれの打つ瞬間の映像はこの爺なりに特別の瞬間として今まで捉えてきている。丁度、けん玉の球が皿に止まる瞬間、球が静止する、その静止した球をまさしくその中心でとらえているというような画である。こうなると、投げていた中日の柳裕也投手も記録保持者だ。目下、この村上青年、3冠王に近い人になってきた。22歳である。落合さんの高慢な顔貎が横を向いているようだ。

8月4日

〈俳句考〉　このところ、長編の有名小説を読み続ける根気と意欲が薄れ、その代わりというとおかしいが、長谷川櫂編の大岡信『折々のうた』をめくってあちこち呻吟している。一方、病跡研究の積み残しである「百閒研究」もぼつぼつ進めてはいる。

大岡信に「合わす」という俳句の奥義に関する発想がある。俳句には、一様に「合わす」

原理というものがあると。「結」とか「同」といった言葉に端的にみられるという。「合わす」原理の脈々たる持続と健在ぶりが示されている、というような文言を勉強した。

ところで、内田百閒も少年時代からすでに俳句をよくしている。『百鬼園俳句帖』に百閒独特の弁舌がみられる（口述文で）。芭蕉の「古池や蛙飛び込む水の音」に噛みついている。この句は〝少しおかしい〟。〝静寂を破る水音を立てた。それは幽玄の黙示であると古来解説されてきた。（しかし、）芭蕉という人も随分可笑しな事を云う。心の中で、古池の句を繰り返すだけで、可笑しくて堪らない〟。この毒舌はまあ百閒に独特で面白い。そしてである。実は、『折々のうた』の「芭蕉の時代」には、この「古池」も「佐渡に横たう」も、代表作に入れられていない。これほどに人口に膾炙された句も少ない。ところが、俳句の裏に流れる芭蕉の思想を汲んで秀歌とされてきたが、長谷川櫂のこの書の末尾に、大岡信の取り上げた中にこの2句は洩れて居る。〝この句は蕉風開眼の句であり、俗解のような言葉遊びではない、心の世界を詠んだ新風だった〟と評価されてはいる。そして、この「古池や」「佐渡に横たう」は、芭蕉の句として夙に引用されて現在に至っている。このいわば食い違いの評価が俳句の奥深さを示すものかもしれない。

今日の俳句勉強のサマリーである。俳句はその心である『合わす』ための場であり、いやおうなしに「孤心」を迫られる。しかし単にこれに成功しても作品は色褪せる。「合わす」意志と「孤心に還る」意志との間の緊張・融和のけん引力に稀有の輝きが必要だという。なんとなく了解できるように思えてきた。俳句の持つ特異の弁証法かもしれないし、この爺の「ヘルマン・ヘッセ」の極性概念にも何かつながるものかもしれない。相対概念の対立と融和といったことであろうか。

8月6日

〈原爆記念日・昭和20年：1945年・広島：8：15：14歳〉もう何回もあちこちに書いてきた。この時、修道学園の教室に居た。光った方向を見ていて、まぶしく、タングステンのジリジリと表現できる閃光を見たが、すぐ次の瞬間には、川本君だったと記憶しているが、彼の膝と重なって、落ちてきた梁の下にいた。左眉の上から血が流れていたがスリ傷程度で、頭部にひどい外傷はなかった。ともかく助かった。こうして稀有の幸運児の一生が始まり、91歳に及んでいる。この次第を今日の「卒寿の記」にこれ以上重複するのは止める。広島修道学園、『原爆記念の集い』には、コロナ急増を理由に、今年は欠席。

何回も使っているが梅雨という言葉は出てこない。……梅雨を「つゆ」というのは露の連想とか、黴のたべものが「ツイユ（潰、そこなわれる）に由来するなどの諸説がある。いつ頃からつかわれていたのか。ＭＡ５、広島県、岡山県、その他にピークとなってきた。岡山で、３０００人を超えた。「祈り」は無差別の空間にあり。このところ、気温は35度、36度並みの猛暑になっている。北の方では、東西に延びる前線に、南からの暖気がぶつかり、猛烈な降雨帯を作っている。中国地方に見られる7月末期の「季節前線」の帯状降雨帯にそっくりである。〝梅雨前線〟を想起した。何度も、現代気象学に見合わない〝梅雨〟、今一度、倉嶋厚『日本の空をみつめて』を引用したい。

〝梅雨は中国の古い言葉で、盛唐の詩人杜甫にも「梅雨」と題した詩がある。「梅の実の熟するころの雨」「黴の生える季節だから黴雨」という語源説も中国からの伝来である。この言葉は平安時代に日本に伝わっていたが、日本では梅雨を五月雨と呼ぶのが主流であった。江戸時代になって、芭蕉の「おくの細道」では五月雨は何か私には定かではない。……〟。今日はこれにて気象談義は中止。どうも古いしきたりから脱出できない気象官庁に毒する発言であろうから。

8月11日

〈マイホーム・ニュース・バラエティー〉

〈内閣改造〉総理の「防衛力強化を」は、自分の周囲を〝強化する〟ことのようである。閣僚の出身大学：早稲田、東大、海外名門の3部門が目立つ。政治家の学歴は別と思っていたが、そうでもない。すべて似たような社会構造の模様。

〈世論調査〉〝説明が足りない〟というのが政府攻撃の原点。〝ていねいな説明を試みる〟というのも岸田総理の紋きり答弁。旧統一教会なるものと政治家の関係で、説明不足89％の世論調査。〝説明不足〟がいつも問われ、不消化になるのだが、そもそも何を説明されたいのであろうか。癒着の内容ということだろうが、人気と風評でその場を得ている議員にとって、ある団体（怪しげなものを含めて）から何票かの支持をもらえれば御の字。これ以上の「説明」はなかろう。該当の問題の是非を問えば、問題ありの回答が増えるのは必定。そして、この時に世論調査をすれば、その答えは予想の範囲となる。物価高が報じられ景気が悪いと、支持率は下がる。ごく当然なこと。世論調査にはもっと慎重な奥深い構えが必要ではないか。人心を煽るような調査ばかりではないかと思う昨今。

〈翔平君〉二桁勝利・二桁本塁打樹立。本人けろり。〝その場に立てば普通のことかもしれない〟と。不遜には見えず、なんと好青年であることよ。
〈コロナ〉岡山県、3315人、新記録（凶も記録の時代）
〈ゴルフ〉女子全英：岡山の日向子さん、残念、最終ホール、チップインならず。無理だったようだが、1差、この卒寿爺の「トランス」に入りえなかった。だが少し境地が見えた。評価されてよい。

8月13日
〈米大リーグ見聞〉メジャーリーグではいろいろのメモリーを入れてお祭りをする。今年は、なんと、トウモロコシ畑から選手が登場するというショー。鈴木誠也のシカゴ・カブスvsレッズ。最初一見して、なにか変だなとは思ってみていた。ユニホームが古いスタイルだし、球場も何かおかしい。観客席も田舎風と思ってみていて、今回の行事であることが分かった。アメリカはオハイオ、ダイアーズビルで挙行された。年に一度、野球映画を再現させるという。日本の田舎球場をさらに古くしたような光景で、何と木造のスコアーボードがそびえている。7823人の観客というのも設定された数字らしい。Fields of dreams 夢の球宴であった。アメリカの歴史は短く、何でも記念にする。爺の1968年から1970年の留学時代、ウイスコンシン州を車で走っていて、あちこちにちゃちな記念碑が立っているのを見てきたのを思い出した。

8月14日

〈エゴドキュメント〉終戦記念日が明日。昨夜、〝エゴドキュメント〟という単語を耳にしながら深夜放送を見ていた。日本が傾いた最初の地、ガタルカナルの惨状から始まった大本営発表の絵空事、今のウクライナ侵攻のロシア放送とまったく同様であった。なにがこの番組のタイトル、〝エゴドキュメント〟なのか、はじめよくわからず、egodocumentは成語になっているのかどうかも知らない。ともかく、〝自分なりの記録、自分の資料〟といったものだろうか。戦地での日本兵の手記は敗戦に向かう苦しい文言となって残されている。貴重なdocumentである。そのそばで大本営発表が朝夕鳴り始めた。敗走は転進と表現された。収拾がつかなくなる現状との離反となり、ついには原爆投下を招くことになる。この爺、14歳の少年であり、天皇絶対、神風の元にあった。しかし、なにか内心うつろな心情で洗脳されていた。8月6日の朝も一定の方向を持った運命の糸の上にいたということになる。

栃木の高原山に〈クロサンショウウオ〉が川底に群れているのを見た。ここは東日本、名古屋断層より東だから、サンショウウオの種が全く別物だった。産卵のため、数十匹がぬるぬる団子になって群れていた。このサンショウウオ、10㎝くらいの大きさである。この種、ここ岡山の山河には居ない。この稿の後、クロサンショウウオが長野盆地裾花川《すそはながわ》流域にもいるのを見た。千曲川支流、長野市で合流。

〈線状降雨帯〉ここ数日、災害ニュースしきり。災害ニュースは災害の無い地域の人が見ている番組のように思えてくる。

立ちつくす　ツクツクそばに　鳴き止みて
ヒマワリの　ゴッホそこにあり　子らとともも

8月15日
〈アマ・ゴルフ女子：全米〉

びっくり。日本の娘、17歳の馬場咲希さん、米ユニバーシアル・プレイス・チェンバースペイなるコースで、決勝マッチプレイ、大差をつけ優勝。快挙である。記憶しているが、服部道子が1985年奇跡の優勝を遂げて以来のことらしい。長身175㎝。優勝パットをみていたが、3m以上のスライス・フックのロングパットをいともやすやすと入れていた。これは爺の唱えるあのトランスに入りえたのであろうと思ってみた。今後が大変だろう。ともかく素晴らしい。

8月18日

〈俳句自習〉理由はないが、『折々のうた』の与謝蕪村を開いていた。30句ばかり勉強した。その印象は大きく、この日記に書いておきたいほどになった。素人の寸感である。天才の絵を見ているような印象。愁いも感じる。そのようにありそうで、細やか。艶やかでもあった。著者は〝手すさび句〟という。その仕上げ方が素晴らしいのか。郷愁の情緒は今風である。そして、究極のユーモアにもあふれている。

〈コロナ禍〉終にというか、岡山県で4000人を超えた。わが身辺なにか、ひしひしと迫ってくるような気がする。体温計も再度購入し、老夫婦で何度も測りなおすというていたらくである。罹患者の数字に疑問がある。検査制度の充実もあり、一般の検査率はかってないほど高い。かつて無かった保健対策である。思うに、検査陽性で臨床症状はない人も病人として算入するがこれでよいのだろうか。「定点把握」が検討されている。この方法は重傷者に絞って報告されるもののようであるが、ともかく発症していないというか、無症状のキャリアを罹患者として算入するのはどうかと思う。いたずらに不安を増強させ、萎縮の方向にむかわせることになるのではないか。インフルなどを想起すれば解り易い。

8月20日

一昨日、TVを見ながらしていての感想。欧州はスロベニアのイドリア水銀山とかいう遺跡の紹介かであったろう。スロベニアという国名には、ハンガリーなどと共に東欧の国という印象で、この国がバルカン半島もアドリア海面に接しているとは知らなかった。国としての知名度はあるが、ユーゴスラビアとして戦後、チトー大統領の統括が記憶にあり、このあたり、多くの国が国境を接していて、国としての独立性の整理は付けえない。セルビアをめぐる紛争もまだ記憶に新しい。この辺の国と文化など少々ややこしい。スロベニアに戻す。この小国、面積は日本の四国程度らしい。国のほとんどが石灰岩のカルスト台地で穹窿山岳地のようで、緑が地図に見えない。首府はリュブリャナとか。国全体がカルスト台地である。1万4000に上る洞窟があり、これが観光資源になっている。パラダナ洞窟が人気の名所。地下に永久凍土を自分の目でたしかめることができるとか。こういう遺跡に包まれ、しかも多くの国がひしめくというか、紛争の種を有している欧州をみると、ロシアのウクライナ侵略など、いつでも起こりそうな歴史の足跡を傍らに見るような気持ちになった。100年に一度の惨事を自ら招いた日本の戦争などなにか間の抜けた東洋的な緩さのようなものを感じた。

8月22日

〈プロ野球セ・リーグ〉 意外な事態が今そこに起きている。この爺の言う、〝トランス〟状態が、DeNAを包み込んでいる。開幕当初から、弱いが逆転勝利の力は認められていた。ところがである。ヤクルトのぶっちぎりという事態に霞のごとく忍び寄ったのはこの最下位DeNAである。今日時点、本拠地17連勝で、最下位のチームが今首位に6ゲーム差まで迫っている。ここでは、逆転優勝かどうかを云々するつもりはない。さてこの自称トランスであるが、重複を厭わず説明する。〝トランス〟というのは、英語のtransformation、transferなどの語源と同一である。前著をはじめ、すでにあちこちで書いてきた。岡山の渋野嬢、最近の全米アマに勝った17歳の娘などの場合を報告している。今回は集団に起きたことになる。全体が一種独特な意識変容のなかにあると思われる。実力とか、個々の卓越に帰しえない状態変化が起きている。メディアは、試合前の入念な指導、コーチの適切な指摘がこれをしめしているという。しかし、これは何処でもやっていることで、これではこの異常の説明にはならない。今、ともかく集団意識変容のなかに入っていると思われる。なにかが起きる、という予感が実現していく。相手も飲み込まれていく。個々の実力の総和ではない。プラスXが全体を包んでいる。

ここで、もう一度、爺の言う「トランス」という用語に戻って説明する。術語は精神分析用語で、〝転移〟に発する。英語はtransference。変貌のtransfiguration, transformなどの単語がこれをしめしている。変貌という意味合いを理解してほしい。

集団が特殊な雰囲気に入り込むというのは、なにもこの件に限ったことではない。戦時の世界も言ってみれば同一である。ある方向に入る。もちろん、DeNAも近く負けるだろう。これまでの17連勝を問題にしている。トランスが明ければ、元の木阿弥に戻るだろう。

うが、一度体験すると、それなりの自信につながっていく。弱いチームが強くなっていく過程であるかもしれない。

8月26日

このところ、読書が進まない。魅力ある出会いがない。刺激を受けたいと思うが、生活半球が限られていて遭遇する機会がない。おまけに「コロナ」である。俳句の方も閉塞空間に感動も体験もない。一つだけある。今、出所不明なのだが、極め付きの刺激をもらった。誰の文であったか。〝辞典を、数年かかって読み通したので、やっと次に取りかかれる〟というものであった。その辞典とは、『岩波　古語辞典』である。手元にその増補版、本文1466頁、3段組の厚き書がある。これを読み通す。私は唸った。なぜ、どうして、これをと思った。一日、3頁として500日を要する。数字的には、なるほどそうどういうこともない気もする。しかし、びっしり詰まったこの辞典。いくら言葉好きの御仁でも余程の姿勢が要る。計算どおりにはいかないだろう。その御仁、4～5年を要した旨書かれていたように思う。今のところ、その人、沢木耕太郎ではなかったかと思っている。丁度、『カミュ』を読んでいた。原著と沢木氏の『作家との遭遇』のなかに、『アルベール・

カミュの世界』の素晴らしい論述を読んでいたころであった。そもそも、辞典を通読するという趣味（？）は知らなかった。わたしも辞書好きで絶えず引いている。先日も化粧台に立っていて、首周りのげっそり痩せたのをみて、〈Tシャツに　首露わなる　晩夏かな〉と詠んでみたときにも、〝あらわなる〟をこの古語辞典で確かめておいた。この辞書好きというのもなかなか面白いと思うが、ずっとこれを読み通すというのには、視力の方がまず気になる。

8月27日

〈横綱大鵬はウクライナのハーフ〉今日の記事になったことの理由はよくわからないが、あの横綱大鵬の父はウクライナ出身だとは知らなかった。ユーラシア大陸をはさむ東西というテーマとなるが、父のマルキヤン・ボリシコはウクライナ東部ハリコフ州の出身だそうである。現に今ロシアに侵略を受けている。コサックの家系、もと騎馬民族である。露西亜革命で当時、日本領であった南樺太へ逃れている。かつて敷香《しすか》と呼ばれていたところである。当地の納谷キヨさん、大鵬の母と結婚。大鵬は三男である。現在、コルサコフと呼ばれている大泊に移った。終戦時、8月21日、稚内にやむなくとどまったとき、大鵬の母キヨさんは船に乗らず、のちその船が爆撃に逢い、乗らなかった幸運がのちの大鵬の誕生につながったと伝えている。ともあれ、大鵬がウクライナに出自があるとは驚きである。このところ毎日でてくるウクライナの大統領をはじめ、ウクライナの人たちの、東欧・アジア・モンゴル、そしてコザックにわたる血の系譜が表情に横溢しているのをみていると、大鵬の強さもまたうなずけるというものである。大鵬がロシア系といわれてきたが、ここではっきりとウクライナ・コサックだとわかった。その地味なたくましさ、勤勉さ、黙々とやる、真面目な国民性が伝わってくる。ウクライナの元の姿への復帰を、大鵬も強く願っているに違いない。

（大鵬幸喜：本名　納谷幸喜。1961年、横砂に昇進。187㎝、153キロ。優勝32回。2度、6連覇。45連勝を達成。〝巨人、大鵬、卵焼き〟の流行語を生む。2013年、72歳で死去。翌年、国民栄誉賞を贈られる。）

8月28日

〈「小さな旅」（再放送：昨年9月）〉で、埼玉は羽生市の藍染めとムジナモ自生地を紹介していた。ムジナモは辞書には、「むじな藻」と記載されている。モウセンゴケ科の水生多年草。食中植物。根がなく、茎長10～20センチメートル。くさび型の葉を数枚輪生。捕虫葉でプランクトンをとらえて消化する。夏、淡緑色の五弁花をつける（国語辞典）。自生保護地域にあり、国の天然記念物である。登場していた少年の言に感動。〝将来、植物研究者になりたい。羽生市に生まれてよかった〟と。今時こういう少年が居る、感動した。

もう一つ。北海道の大雪山高原温泉という山地の紹介で、この寒冷高地に、〝エゾサンショウウオ〟の生息を映していた。体長5～6㎝、水中で数年を過ごして陸に出るそうである。山椒魚はわが輩の座右の関心事であるので書き添えておく。

8月30日

再放送のPカフェで、「モナ・リザ」のあの微笑みの絵を巡る、いわばルーツ探しを見た。驚いたのは、これまでに尽きぬ話題であったこの不朽の微笑みの主が2億4000万画素のマルチスペクトルカメラで撮影分析された。その結果、このモナ・リザに4つの顔が浮かび上がった。逐一書くことはむずかしいが、ともかく次々とモナ・リザのルーツが解明されていく。レオナルドは終生父のもとにあり、また父も限りなく息子を可愛がっていた。

画聖が50歳になるころもまだその庇護にあったようである。モナ・リザは30歳ころの絵でありまたそれ以後加筆されていた。その経過が今回暴露された4つの顔である。コットさんというひとの分析。二人目のモナ・リザは聖母像として描かれ、髪飾りが消された。三人目は頬の輪郭が変わり、眼も正面を向いていなかった。左の方を見ている。ドレスの中着にベールの縁が描かれ三人目が再現された。同じ人物ではないという分析もある。１４９２年、転々としていたダビンチはフィレンチェに戻る。この時、前から抱えていた「リザ」を再依頼された。父の居住するアパートの前に居た娘がモデルになる。当時、父はミラノの豪商とも親しくしていた。１５０３年、モナ・リザの頭部が描かれる。１４００〜１５００年頃の服装の特徴が、絹・肩掛けリボンに出ており、年月が特定された。

１５１３年、パトロンを得て、ローマへ行く。ジュリアーノ・デ・メディチ侯爵の依頼を受ける。別の女姓パチフィカを描いたともいわれる。１５１１年、この娘は捨て子で自分の養子としていたがパチフィカは死亡。独り身となったが、メディチ家の跡取りとなった。いつも、ママは何処と嘆いていたという。ダビンチはリザの喪服、暗い色を消したかった。１５１６年3月17日、ダビンチの元に戻った。モナ・リザは母であり理想の妻でもあった。

超解像力を持つ現代機器を利用されると、ダビンチも裸にされた。ここには4つの顔が浮き彫りになった。なにか墓石がはがされていくような思いもあるが、ダビンチが素朴なひとりの画家であり、イタリアのママン思いの市民の一人であったことがしのばれる。事柄はシンプルであり、かつまた世紀にわたる神秘の発掘なのであろう。シンプルとコンプレックスは同意となる。

9月1日

〈ロシア・ゴルバチョフ氏死去〉 91歳でなくなった。同年配で驚いた。1985年、共産党書記長となり、90年3月に大統領に就任。当時、吾輩、大学在任中であった。当時の記憶も十分のように思う。ゴルバチョフ氏は額に傷痕があり、なにか優しく寂しい風貌を感じ、それまでのソ連の冷酷非情の歴代に無いものを感じていたように思う。まさしく、東西冷戦下、硬直した共産党独裁体制を立て直す「ペレストロイカ」(改革の意)を推進。東西融和を図りノーベル平和賞を受賞した。詳細はここにはできないが、なにはともあれ、今のプーチンを想起せざるを得ない。際立った善悪の比較に値する。今、ゴルバチョフが老衰とはいえ、なにか聖なるロシアを思い、無言の抗議をもってこの世を終えられたような気がする。ロシアの今の為政者たちは30～40年前、ゴルバチョフ大統領就任の頃、まだうら若き青年であったろう。今のプーチン取り巻きはどのような評価を心内に抱いているのであろうか。彼の死は何か象徴的なものに思えてくる。ロシア国民の良心はどう評価するのであろうか。

〈百日紅　天空の青に　浮き上がり〉

9月3日

「病跡学会」でかねてより知ってきた信州の庄田秀志氏から、突然、書状と氏の著作の送付があった。この庄田さんが、「日本病跡学会」の何回目かの会長をされたとき、開催の上田市を訪れ、拙考「ゴッホ」を発表したのを想起している。私の今回の学会賞の受領に際し、その場におられたらしい。今年私が受賞者ではあったが、「コロナ」のため、〝老齢の茨城行〟は家族に差し止められた次第だった。この庄田さんは、病跡学会では私よりも先輩で、お名前はよく知っていた。しかし、今回上梓された創作『中有の森』をみて、氏が相当の文学者でもあることが分かって驚いている。一方、彼がわれわれ精神医学会では精神療法家として高い評価を受けてこられたことも声を大にしたい。信州は小諸に庄田ありであったのを記憶してきた。なによりもまた文学を優先されてきた氏の報告を見ながら、氏の今回の著作を味わいたい。氏の著作『中有の森』の帯に、〝幻と現、生と死のパレイドリア〟と書かれ、人間の意識についての精神科医の書き物とある。どうも少なからず、あれこれ彷徨《さまよ》いの人生志向があるようで、なにか身につまされる宅配受領の日だった。感謝。

9月4日

日曜日には、朝、NHKは「自然百景」「小さな旅」を見る。久方ぶりに〝再放送〟じゃないなと思う。中川みどりアナとあるし、マスクをかけた人たちもみかけ、今回は二番煎じではないと。こだわるようだが、「再」ではないと察した次第。まあ本論に戻る。今朝は青森奥入瀬渓流である。驚いたのは、小鳥が意外に潜水の技を持っていて捕食している。どの鳥なのかは記憶できないが、成長すると潜るのは止めるらしい。カワガラス、ハクセキレイ、チドリカモ、など。これまで、この奥入瀬も何度か訪れた。学会参加とは言え、滋味深さなど思いもせず、ただただ素通りであった若き日を思う。

今回の「小さな旅」は新版らしい。新潟は北部の胎内町の紹介。〝胎内〟という町名に驚く。天文と地域の人たちのレポートであった。当地の「自然天文館」に60㎝の望遠鏡があり、天文指導員が配置されている。夜空に散光星雲という天体が見られるという。〝見えないものを見る。普通にはわからないことがそこにある〟、ということらしい。ここを週末に訪れ、天文を何よりも素養の糧にと教えた亡き母をしのぶ中年の息子さんの風貌に尊敬の念を覚えた。

9月10日

英国エリザベス女王死去の報。さる8日、滞在先のスコットランドで96歳であった。女王のことについて、ここに、この卒寿があれこれ書く筋合いではないが、死去された見出しに〝96歳〟と書かれるので、ある感慨を覚える。偉い人のみではない。どうも今や、100歳に及ぶ人生はまま存在することになった代表と言えよう。

女王は人気という点では安定されていたように思う。〝英国の母〟であるが、激動の歴史を歩まれた。王室外交は我が国などでは到底敵わない。国民に献身的であったことは、日本においても学んでほしい。来日した時、新幹線に乗り、天文台の時刻より正確だといった。付言するが、今日の山陽新聞の数面にわたる女王記事を見ていると、なにか週刊誌をめくっているような錯覚を覚えた。ここまでくると、神格化となり、そして有名人という俗っぽいことになってくるような思いである。

〈コロナ禍：MA5〉どうやらピークアウト、下降線に入ってきた（ように思う）。岡山県の罹患者、今日の時点で、約25万人強、8人に1人がかかっていることになった。ごく身近に陽性、若干の症状持ちが居ることになった。罹患すると閉居となる。精神的な影響を立場上思わざるを得ない。罹患者すべてがそうではないだろうが、自責というか、ちょっと自分に情けなさの念が走るだろう。自信喪失ということでもないだろうが、滅入る。症状によるが、味覚障害の際は食欲そのものが低下する。やや大げさだが、いじめられてでもいるような心境かもしれない。塞がれている。人間関係に隙間ができる。

毎年のインフルエンザ並みの危機意識にはなかったことである。

精神科医として、看過できない事象である。事は別だが、ウクライナの人たちのギルティ・シンドロームも、世情を襲った特有の症状と思われる。

9月11日

日曜日、NHKの「自然百景」、続いて「小さな旅」を見る。今週も最近の取材のようで腰を据えてみた。前者は、北海道然別湖《しかりべつ》。大雪山山系にある天空の湖。100mの水深。撮影は7月初旬。緑が湖水に張り出しプランクトンを産むという。ワカサギが見える。ウグイの仲間。カワアイサという鳥がいる。風穴という創出があり、永久氷に4000年の歴史があるとのこと。ゴレツミズゴケ、シモフリゴケ、ミヤマハナゴケなどが紹介される。カモが身を切る冷たさのなか餌を追う。独自の進化を得たといわれる固有種ミヤベイワナは青い宝石ともいわれ30㎝に成長する。

「小さな旅」は、山口周防大島だった。この吾輩の日記に以前この島は何か書いたことがある。わが生涯の友、岩国の内科医三井君の故郷である。温暖で汚れの無い瀬戸内最後の島のように思っている。岩ガキ獲り素潜りの一家がある。大島には、なぎさ水族館がある。ニホンアワサンゴの群生地だが、絶滅の危機にあるよう。地元の高校生に飼育の熱いまなざしを見た。画面の背景に、〃シーボルト　上陸の島〃と書かれた石碑がみえたが、果たしてそうなのか、またの機会に調べてみたい。この島には、いつか正月にでもホームステイなどをして訪問したいと思うが、もう間に合わないかもしれない。

9月13日

〈俳句の勉強〉　長谷川櫂編‥『折々のうた』（俳句二）より。

近代俳句は一茶（1763）からはじまる。これまで、近代俳句は正岡子規以降とされた。事由についてはここでは省略。日本史から見ると、日本の近代は、明治時代からである。西洋化の事始めである。近代化はそのまま西洋化と同義となった。芭蕉や蕪村はそのまま古典主義俳句であり、主に知識階級の楽しむものであった。これに天変地異の変動が続き、火山の噴火をはじめ地震の勃発も人心を揺るがせていく。江戸後半、俳句人口が増加。芭蕉や蕪村に代わって、近代俳句が誕生。一茶が躍り出た。解り易さ、痛快でさえある。この一茶を最初の近代俳人とし、そして、正岡子規に続くのは異論がない。子規の解り易さと心理描写は卓越であった。写生という客観視である。虚子が継ぐ。以後、飯田龍太、加藤楸邨となるようだが、表現の自由という評価が高い。

〈寸言〉　TVを見ていてふと思った。女性アナの活躍が目立つ。有名キャラに変わらない派手な服装も多い。90歳の老爺のやや勇み足かもしれないが、いっそのこと、そのままタレントになればよい。新しい〝変身〟ではなかろうか。それにNHK予算の削減にもなる。

人件費の節減になる。

〈新見発〉リンドウ〈リンドウ科の多年草〉が出回っている。可憐というか静かな深い色合いのこの花、新見方面から出荷されていることは知ってはいたが、秋の季語としてその古い謂れなど知らない。「入門歳時記」によると、竜胆（りんだう）ででている。山野の日当たりのよい場所に自生する。紫色の花。古く、清少納言の『枕草子』に、竜胆は枝さしなどもむつかしけれど、異花どものみな霜枯と、この花だけが秋の遅くまで咲き誇るさまが書かれている。このリンドウの名は、漢名竜胆のなまったものとか。その根が肝のように苦いことに由来する。薬草である。欧州ではゲンチアナ・ルテアという。わが師匠、山口誓子に、〈竜胆の　花踏まれあり　狩の場《にわ》〉がある。リンドウ、花としては好きだが、作詞には今遠い。新聞にくるまれ店頭に整列している、寂しさよという感じ。だから、〈リンドウや　紙にくくられ　首揃え〉なる愚作が精いっぱいの朝。後で、〈竜胆や　紙に包まれ横たわる〉なるものを書く。代わり映えせずか。

〈プロ野球〉記録だから書いておく。ヤクルトの村上君、ついにかの王さんと並ぶ55号をぶっ放す。快挙。ついでに、60号のバレンティンを抜け！ 因みに、この外人、おなじヤクルトだった。村上君、まだ22歳だそうでこれも記録だろう。ともかく、狙ったような快音がズバリ芯に砕けるの感がする。ボールが変形しているのではないか。

〈大相撲〉九月場所、東京。4日目。目を覆いたくなる醜態。貴景勝のなりふり構わぬ張り手。普通の押しではもはや勝てないとみての奇策。限界と終焉が見えている。問題の多い風貌と幼児性、もろに出てきている。八角理事長も同じ苦言を述べている。

〝台風上陸の多い県〟は?、〝沖縄は×です〟とアナ嬢得意げ。沖縄は通過であり上陸と言わないことになっているそうである。ばかばかしい質問！ と思いませんか。

9月17日

最近、有名な3人の人たちがこの世を去った。英国王エリザベス、芭蕉布の人間国宝平良敏子、映画史に独特のジャン・ゴダール、(敬称略)。いずれも90歳代、平良さんは101歳である。人間今や100歳の時代になった現れだろうか。この老輩、年を掲げて偉そうな事を言う価値も薄れる。しかし、まあこれにあやかって、年を気にしない平常心として、凡なる日々をこなしていく気持ち。意識しない。早起きに努め、屈伸体操、牛乳・コーヒー・ジュース。山陽新聞、日記「天邪鬼考」執筆という日常をこなして自己満足。昨日、『それから卒寿』の校正を終えた。1カ月後には、世に出してもらえるはず。

9月18日

〈「自然百景」「小さな旅」〉

沖縄から西へ、自然百景はアジサシという鳥の生態。白い、洋上の鮮明な渡り鳥の実態。オーストラリアへの飛翔を繰り返す。設置カメラが鮮やかな白と、深紅に近い嘴の赤を映し出していた。卵を抱きながら、温めるのではなく、海水で冷やすという過程もあるらしい。傍らにヤドカリたちが忍び寄り、卵、幼鳥を狙う。

少し古い探訪。北アルプスは爺ケ岳2760mの登山道をめぐるレポート。ここに、柏原親子3代の山男の紹介があった。〝柏原新道〟、4キロの苦難の山道を新設。登山者に愛されている。先代の息子柏原一正氏が4kmの難路を子供でも登れる道をと切り開いている。そして、この柏原山道でつなぐ親子3代の生活史も盛り込まれ印象深いレポートあり。（2

019年初出)。

〈補遺〉 昨日だったか、沖縄の芭蕉布で人間国宝平良敏子さん死去を書いたが、101歳長寿はそれとして、芭蕉布が岡山は倉敷に縁のあることを書いていなかった。平良さんは、戦時中、女子挺身隊の一員として倉敷の万寿航空機製作所(倉敷紡績)に動員された。戦後、この倉敷紡績に勤めた。当時の大原総一郎氏を介して、染色家で初代倉敷民芸館長を務めた外村吉之介から織物の指導を受けた。大原氏から、「沖縄の織物を残してほしい」と言われたのを機に沖縄に戻り、芭蕉布作りを始めた。因みに、芭蕉布は多年草「糸芭蕉」の繊維を用いる工芸品。琉球王朝時代から生産されたが、太平洋戦争後にほぼ途絶えていた。2000年に芭蕉布制作と伝承者育成の功績から人間国宝に選ばれていた。(山陽新聞9月16日)。

9月20日

〈台風一過〉 思ったよりも、いや、報道よりも、ここ岡山地方ではずいぶん台風被害はなく、19日早朝、相当の風雨があったものの、大過なく過ぎた。新しい情報システムの応用か、〝今までに経験したことの無い〟という新表現が浮いて聞こえる。この言い方は、この老爺にはどうも〝have never experienced〟の英語表現を思い出させる。今回の急激な台風弱体は、ホーカスが地上に入ったため（上陸）水分の吸収が十分でなく、気圧の上昇をきたし勢力を減衰させたらしい。宮崎の降雨が猛烈だったが、全体では尻つぼみになったのはまあよかったことになる。20日夕刻には最悪になるとの情報が早めに出された。こういう前もっての新体制はなかなか軌道に乗りにくい。台風の〝上陸〟という用語はそろそろ検討されてしかるべきもののように思われる。台風の威力はその中心にあるのではなく、その周辺にあるのではないかと、素人は愚考する。ところで、山上のわが苫屋、操山451番地、東からの風は猛烈ですよ。北区の平坦中央部では、それこそ〝経験されたことの無い〟風雨に襲われます。

9月21日

天気の急激な変化というのはまた急激に元に戻るのが、まず経験される気象の常であろう。今朝、予報を上回る冷え込みだった。寝具をはじめ、いろいろ取り出す。日干しをする間もない。同じ設定温度での暖房への切り替えである。予報では、また暑さも戻ると。これは、科学的ではない言われ方。自分の経験からする予報とあまり変わらない。「予報」にたいする日頃の当てのない科学に反抗しているこの爺の天邪鬼。

9月22日　このところの色々。

イギリスのエリザベス女王の国葬、参列の人たちの王に対する敬慕、知りえなかった王への追慕を見る。

日本の国葬問題。国葬というのがあるのなら、安倍総理もその一つとして合格であろう。内閣府の決定で運ぶ。政策の相違として論じるな。物事に反対は、まあ民主国家のさがである。野党の元総理が出席するのがニュースになり、いろいろ識者の意見を連ねる、いつもの手法。

「説明不足」が、時の先行詞となっている。政治には、詳細に語りえない秘密事項がある。詳細にすると、結果は混とんとして却ってわからなくなる。含み、裏、省略は政治の用具であろう。誰にも受け入れられる満票の結論はない。自明のことであろう。拠って立つ自分の信条を持てばよろしい。

プーチン氏の挙動は、ますますナチの様相を帯びてくる。ドイツ隆盛時の言辞にそっくりである。世紀の悪夢ホロコーストを思う。ほとんど変わりのない論拠を続けている。歴史的言辞を後世はどう伝えていくのか。日本にも犯罪歴がある。１９３１年来、この爺の生存時の出来事となった。

９月23日

秋分の日。昔は新嘗祭《にいなめさい》、神嘗祭《かんなめさい》などがあり、秋の休みを楽しんだ記憶がある。何処のレポートかは不明だが、稲刈りの場面に稲のはざ造りが出ていて、遠い記憶が浮かぶ。戦時中である。小学生だった。稲刈りに動員され、稲の〝はざ〟つくりを手伝ったことのある記憶である。あとで、〝はざ〟を検索していたら、なんと郷里東城*らしい頁が出てきてびっくり。しかも、〝比婆東城〟なる呼称を見て二度びっくり。比婆猿《ひばざる》などと、いわばいじめに類する田舎育ちをなじられた記憶がよみがえる。不愉快だが、この歳にもなると、懐旧の念一入。

〈はざ造り　今は遠くなり　暮れ残る〉

＊広島県庄原市東城町は、わが少年の頃は、広島県比婆郡東城町であった。

9月25日
〈TV「自然百景、「小さな旅」〉今朝は番組の二番煎じ（再放送）ではないらしい。それだけでも見ようかという気になった。
広島県西北部の深入山《しんにゅうざん》。南北に仕切られた山の姿に特徴がある。森と草原に仕切られている。1153m。南東側は山焼きが行われ草原となり、ススキなどの群生地となり遠くから見ると草原である。蝶などの楽園になっている。山焼き後、1週間芽吹き始める。ワレモコウなど、草山花盛りとか。小郷知子アナウンサーの声色、久しぶり。身近な広島県にこのような特徴の山があったとは知らなかった。
「小さな旅」は下北半島、本州最北端、佐井村の紹介。丁度、昨夜、「ブラタモリ」にこの下北半島が出ていた。ここ、下北半島の西海岸、斧の刃先中央部にある漁村。白い奇岩が聳え立ち、日本列島の誕生を物語る。仏顔のみえる佐井村の短い夏。漁業の衰退、戦後の出稼ぎ、しかしなお強く垣間見える郷土愛と村のお祭り。人を受け入れる伝統。北前船の寄港地、ヒバの木細工、送り盆、この地にやってきた若者の生きがいを感じながら、この地の行方はどうなるのかという思いも残る。

〈俳句考〉 朝出かける時、家内の口癖は〝ハンカチは？〟という決まり文句。ハンカチを忘れずに持っているかという問いかけ。このハンカチはどうも古臭いというか、若者からは聞かない単語になっているように思う。廃語に近い。若者はこのハンカチに代わってどういう表現をしているのか。ティッシュでもなかろう。ここで廃語に近いといったが、なんと『絶滅寸前季語辞典』という夏井いつき氏の本があり、それにちゃんと出ている。汗ぬぐいのこと。「ハンカチーフ・ハンカチ・ハンケチ・汗拭き・汗手拭」である。数句が載せてある。

その内の一つ、〈汗ふきの　ガーゼに老いの　臭ひせり〉が身近なものか。この爺でも、しかし、もうハンカチには遠い存在になりつつある。ハンカチ自体が遠く、用を足していない。事実、廃用である。思うに、反対に俳句の方から見ると、この季語という奴、必須事項であるだけに天邪鬼の目が覚める。いつもやられているので申したい。季語絶対の約束事自体も衰退し、時候の表現には季節外れの心の表白もあるのではないか、と思ってみたりする。枯れ葉のごとき風情は秋にのみ感じるものでもないように思う。

9月27日

安倍元総理の国葬。式典を見た。安倍さんも67歳だったから、この爺などと比べてふた回り若い。志半ばということは当たらないが、まだまだやりたかったこともあるだろうと思う。残念無念であろう。妄想的信念の若者に手製の散弾銃でいとも簡単に接近され狙撃された。そういう運命を背負っていた人だったのか。整理しきれない思いである。28日の「滴一滴」は、静岡の水害を書いたのち、終わりにこの安倍さんの国葬に触れている。「国民の半数以上が反対し」と、ややヒステリックになっている。意見を述べた者の半数以上がというべきである。反対とか賛成とかにはあまりはっきりしない人が大多数だろう。国民の半数以上が反対であるかの統計は、付和雷同に近い。国葬の儀はすでに定められたことであり、吉田首相が受けてから、55年、１００年に二人となる。国葬に適う資格があるかどうかあいまいなところもあるが、並みの業績では適わない。これも内閣府の決定事項でもある。ＮＨＫも、今日は国葬の儀の反対意見に慌てて与し、終わってなお、執拗に非を報道している。反対を街頭で叫ぶもの、武道館の前に黙して哀悼する人たち、儀式に参列している要人、それぞれの思いと人生観がある。安倍さんの死を前にして、賛成とか反対を今の時点で云々するのは、死者にたいする冒瀆である。喪が明けて国葬について再考すればよい。

9月29日

朝夕とみに涼しい、いや、肌寒い。記憶力とみに衰える。メモ書き整理中。先日、行われたRSKホールでの講演会、息子がパソコンに再現してくれたので、菊池寛を見る。想起できるのは、彼が四国高松は三本松の出、旧一高で芥川・久米明だったかの同級生、そして、芥川賞の創設者であったこと。自身の作品には思いだすものがなく、いわばジャーナリストというか、傑出人を持ち上げ、新聞人や世話役の人という思い出である。聞いていて、なるほど作品自体は無く、世話役の傑出人であったことに納得。因みに、「日本の短編」の中にも、菊池寛の名前は無かった。

向井理とかいう俳優のオランダ探訪をちらりと見ていた。オランダの低地、風車、運河はよく知られている。なんと、5年間に5㎞の運河を造った。海の方が上に見えるとか、俳優氏は見る。かって、この海のかなた東インドから、麻薬ならぬお茶を輸入、繁栄の歴史を作る。重厚な跳ね橋、アムステルダムには64基あり、その技術に歴史ありである。首府アムステルダムの人口、ちょうどこの岡山と同じ70万人。因みに、人の給与は、パートタイマーの場合でも30万とか、自信ありげだったが、この爺にはそれがどうなのか判断しかねた。

9月30日

月末、今日から秋晴れの晴天が続くという。まだ子供の頃か、いやもう性を意識している頃のことだろうが、女性の出入りの多かったわが家で、昭和の初めになるが、母や、その周囲が、着物の話をしていて、大島紬とか、〝銘仙〟がどうのとかを話していた記憶がある。今日偶然に、この銘仙が大正末期から昭和の初めにかけて流行し始めたとかを聞いた。これは群馬県に誕生した布地らしい。柄は前衛的な表現に始まっているとか。奇妙に思える追憶である。

10月1日

今日は、恐らく素晴らしい秋晴れの日の代表的な日となるだろう。

政治の方は、ロシア・プーチンの4州併合。なんというか、この卒寿にはばかばかしくて、何世紀以前のどこか喜劇王でも見るような思いの夜だった。限られた参列者の力ない拍手、高揚感の乏しい幕上げだった。国際連合の認知には遠く、ここにこれ以上書き残す要無し。

〈名医の系譜：山陽新聞〉自分の中で、整理しておきたい事項がある。曖昧記憶の整理である。岡大医学部の歴史の一旦。……事前省略で、ともかく岡大医学部創立150周年の式典があった。1870年の岡山藩医学館に始まる。漢方医を中心に医師養成が始まった。廃藩置県で岡山県が翌年発足。県病院という名称も生まれる。1870年、岡山医学校開校。当時、天神町に在った。医療機関の写真で有名になっている知り合いの石田純郎氏がその写真の発掘者。教授陣は以後、ほとんど東大教授の登竜門となったと記憶する。1988年、第三高等中学校医学部として、県立を廃止し、国立として岡山に開校される。

〈寸聞〉蟹の〝松葉蟹〟の松葉《まつば》由来。なんでも身を氷にさっと通し、白身が松葉のように縦に糸のごとく固まっていくことから松の葉に喩えたとか。

10月2日

〈「小さな旅」〉は四万十川。この川は何度も取り上げられてきた。今日は地元の人の〝柴漬け漁〟が話題。柴漬けというと京都の赤むらさき色のつけものをすぐさま思うが、ここは違って、柴はシバだが、薪などに使う雑木のこと。その小枝を集め、束ねて括り、これを川底に置く。ここに鰻の寝床をもくろみ捉えようとする漁法。これに若者が取り組む。何しろ雑木の束は１００キロ近くなり、女子供の操作できる重さではない。体力が要る。獲れた鰻の買い取り先は地元の業者となり問題はないようだが、家計を維持するうえではかなり重いものがある。今回の若い衆はここに生きがいと柴漬け漁の持つ伝統的な漁に意味合いを探っている。これも人生である。四万十川は１９６㎞の四国最長の川。四国山地の中央に生まれ、多くの自然の多様性を齎している。今日も地味な地元の若者の一つの生き方に学ぶもの多しであった。

10月３日

〈大リーグ〉では、翔平大谷に来季43億の値打ちを与えた。このままエンゼルスで１年やるそうである。ここで、この年俸の持つ意味などなにか思考するに縁なきことのように思える。

〈日本女子オープン〉勝さんという娘が勝った。2連覇で畑岡と並んで3人目だそうである。実際には、彼女の前半、バーディーラッシュを見ていないが、この前半に私の言う「境地」に入っていたらしい。後半、いよいよという時には、この人、実力が備わっていたようで、勝ちっぷりに落ち着きがみられていたように思った。

カープの佐々岡監督辞任。ここ3年振るわなかったからやむを得ないだろう。後半、自信の無さと、投手の不甲斐なさに戦意を喪失、やむなし。監督の良し悪しにその手腕はたしてあるのかどうか、時の優勝には、それこそ何か、この爺の言う境地到達とでも言うような勝運の到来があるのかもしれない。

「統一教会」問題。この爺には、これを分析する能力も興味もない。ただ感じるのは、宗教団体の教えも政党の主張もさほど変わらない程度のものではないかと思ったりする。政党支持も信仰も信心に近いものがある。

〈名医の系譜〉（山陽新聞）を見ていて、学生時代の一端を思い出す。赤木五郎学長の教授時代、講義を聴いていた記憶がある。１９６０年前後。思いだすのは、この赤木学長が大《おお》先生《せんせい》＊で、緑内障の講義中、〝網脈絡膜〟の日本語になんども縺れがあり、独語に言い換えておられたのを思い出す。モウミャクリャクマク、大先生の年のせいでもない。誰にも言いにくく呂律が回らない。漢字の方がよいか。

＊往時、医学部の教授は大先生《おおせんせい》の尊称で呼ばれた。

10月4日

〈村上56号　日本選手最多〉

これは新聞の見出しである。一言。記録自体素晴らしいし文句なし。かの王さんを抜いて、しかも22歳という若さでの快挙である。だが、日本のプロ野球はすでに国際的で多くの外国人が日本で覇を争っている。ホームラン最多記録は同じヤクルトのバレンティンが60本を放っている。なるほど、村上君が〝新記録樹立〟とは書かれていない。日本人の中では新記録だというのであるからそれでよい。この卒寿の苦言は、〝日本人では新記録〟を書かないでほしいと思うのである。大谷翔平の快挙は大リーグの中で人種に限らず比較される。村上君の記録はあくまでバレンティンに次ぐ第2位の記録である。バレンティンに蓋をして、日本人では1位はやめてほしい。

〈新潟の鉄道探訪〉直江津であった。新潟で最も古い鉄道でいまもいろいろ保存の試み。D51を走らせ、鉄道テーマパークが古くなった国鉄の反映を思い出させる。能生《のう》の蟹が3匹、しめて1000円でそのうまそうな抜き身、少々羨ましい。それにしても、ここ芸備線の廃止、この新潟のようなモニュメントにはならないだろう。

10月6日

「診療所界隈」最近とみに思う。心療内科領域における、受診の際の〝予約〟の問題。私のところは予約診療を銘うっていない。ほとんどの心療内科ではこれを盾にしているようであり、患者サイドから夙にこれを聞いてきた。思うに、診療内科にも救急は存在する。過呼吸発作にしても、患者サイドでは救急の問題である。この場合、〝今のところ、2カ月くらい先になる〟という返答をどう受け止めるだろうか。救急車も困惑するし、死に瀕するような気持ちにおちいっている人はどうすればよいのか。パニック障害を自覚している人の場合、今何とかしてほしいと思う。2カ月先では困る。すぐさま過呼吸と分かるのであれば、何とか一応対応をしてそれ以降の受診について治療方針を示唆したらと思うがどうか。ここ岡山市では、異口同音に〝予約が取れない〟という声を聴いている。ともかく、一応耳を貸し対応して、その場をつくり、以後の対応を決めるべきではないか。その時点で対応している当面の予約患者には、事情を説明すれば了解されるのではないか。心療内科には休日診療や夜間対応は必要ではないのか、どうなっているのか。現実は、さほどの取り越し苦労には及びませんということだろうか。この毫毛の余計なお節介だろうか。

「心療内科」に来られる患者さんたちの症状のうち、纏めていえば、うつ症状・不安状態が多い。教科書は古くから、鬱という感情障害、不安という不安障害を分けてきた。実際の対応は異なり、上記のように、抑うつ・不安は組み合わされてくる。どちらが主かという対応になり、薬の選択に移る。不安の方はベンゾジアゼピン系、鬱状態だと抗うつ剤となる。実際には、鬱は本人の訴えは乏しく、不安の方は症状が派手になる。訴えの多いのが不安障害、寡黙は鬱と思ってよい。近時、老人の受診が増え、器質性といって直接脳の老化という神経系の機能低下による不定愁訴が一角をなして多くなっている。煎じ詰めると、従来の診断学は無用と言ってよい現実になっている。薬はややもすれば軽視されてきたが、その援用のいかんによっては名医となることもあろう。馬鹿にしてきた脳内物質の動きも、現実の患者さんの訴えからその実態を教えられることも多い。学問は気難しい教師であり、その教え子がまた新事実を体験、解明したりする。

10月7日

今日に限らないが、新聞の訃報は年を取ると、何気なく見るものである。昨日、「田中茂樹さん死去」が報じられていた。1951年、この爺、丁度二十歳《はたち》だった年、日本人・田中茂樹がボストンマラソンに勝った。敗戦後、5〜6年後の快挙であり、日本列島にビッグニュースが走った。当時のことは、記憶がない。今日の新聞で、ほんのわずかの記憶の断片があるのみ。この田中茂樹さん、広島出身で、当時、自分の出身地に近い西城町の出であることも想起した。今は、庄原市になっている。比婆西高出身とある。91歳死去で、まったく同輩であった。ここに、〃比婆西〃とあるのは、当時、近辺は〃比婆郡《ひばぐん》〃で、県立高校の統合合併などで、西城（賀茂西条ではない）にある高校のように思う。田中茂樹は日本大学に進んだ。ボストン優勝時の記録は、今の女子マラソンの記録程度だったが、〃原爆ボーイ〃として注目され、身長162cmで、なにかこの爺と似ており共感一入の訃報だった。同年輩の死去である。ご冥福を祈る。

10月9日

〈「自然百景」「小さな旅」〉いつもの日曜日の朝。今回は、いずれも新取材のよう。北海道宗谷岬の西、利尻礼文サロベツ国立公園は、サロベツ原野が舞台だった。ハマナス、エゾカシユリ、小鳥は、ホオアカが飛び交う。トカゲを子らのために確保するキタキツネ、水上に狙いをつけるカイツブリ。母と子はここにもある。我が家の西の藪のなかにハマナスが1株生き延びている。ここ岡山では、北のハマナスは無理と思ってきたが、毎年、新しい棘が私を刺す。赤い実も毎年付ける。サロベツ原野がしのばれるということでもないが、以前、ハマナスを歌った森繁久彌の歌などから、詩情をそそる花だった。

〈小さな旅〉は横浜駅と鉄道。横浜は今、377万の人口。横浜駅は6路線が出入りしている。一日、180万人が行き交う。驚いたのは、当初の駅舎と、これも旧岡山駅がそっくりだったこと。岡山駅が当時、横浜駅などを真似たものだろうが、そういう風物を見た次第。鉄道というと国鉄。150年の歴史と、そこにあった人々を回顧していた。

国鉄の思い出と言えば、母がたの従兄岡本悟が運輸事務次官を務め、40歳前後の羽振りの良かった時代を思い出す。のち、この種の官僚の道筋か、参議院二期を務めた。東京の空を曇らす高速道をオリンピックのために間に合わせる役目を背負っていた頃で、大谷壮一に文芸春秋で叩かれたのを思い出す。自分の東京在学は、昭和26年から30年で、ほぼ規則的に芸備線、山陽本線、東海道本線と、季節を区切って行き来した。急行安芸とか瀬戸、寝台特急だった。横浜というと、シウマイ。お土産はこのシウマイ。当時シウマイ売りだった方に孫があるという。時代が過ぎ今女性の運転手が、〝指差喚呼〟という手先での指示動作、いまも厳守の事始めだという。

10月10日

体育の日。カレンダーには、スポーツの日とある。随分涼しくなった。春に残した灯油が気になる。今日もまた「内閣支持率」が新聞の見出しである。この調査は、説明によると、RDD：ランダム・デジット・ダイヤリングという方法らしい。よく知らない。ともかく、岸田内閣の支持率は低い。35％の支持というと、え？と思う。この爺などは、今のところ電話質問に与ったことはない。487件が質問に応じ、421人が答えている。携帯電話の方は、約3分の1の人が答えている。今日は答えの内容を逐一検討することはしない。疑問のみ提出しておきたい。最近の統一教会と与党との関係、ウクライナ問題、物価高、などが焦眉の問題であるが、これがすぐに内閣不支持になるのだろうか。すこし、短絡な討議のように思われる。歴史は流れ淀み、走り、停滞する。時の内閣は、過ぎ去った昨日を多少とも改善しようと舵を切る。その間に、間があろう。早急に、不安・不満のはけ口を時の内閣にぶつけるのは、誰とてもやっておれんということになるのではないか。年に数回あるこの内閣支持率の紋きり調査に一考を要すると思うがどうか。民間宗教問題、世界経済、核戦争の脅威と世の動きは急峻ではある。だからと言って、岸田首相の是非には直ちに結びつかないだろう。国民の焦りと不安が表明されているだけではないか。時の内閣に直ちに責を求めても、当の人たちは沈黙せざるをえない。

10月11日

〈TV　2016年の再放送〉スイスはジュネーブ。街の人の言に味在り。赤い靴で洒落込む93歳のロートル（老頭児）、〝恋心がないと人生は終わりだ〟という。ドキリとするが、93歳にして矍鑠たるものであった。街行く他の人の言に味わい多し。「人生には友達が必要」「もう一つの居場所」とか。ジュネーブは景色もいいが、人に味在りというところか。街の演奏家、若いカップルの抱き合う前での演奏、音符の外にバラードを乗せたという。グリュイエールを訪ねて、本場のチーズフォンデュを。遠く、モンブランの峰が見える。

10月13日

「秋の光に姫赤らむ」。鏡野町特産のトウガラシの深紅が目を引く。このトウガラシ、15センチにもなり鮮やか。丁度、家のカレンダーに載っている「曼殊沙華《まんじゅしゃげ》　昔花魁《おいらん》　泣きました（渡邊白泉）」と類似の深紅であった。トウガラシの方、〝泥鰌《どじょう》トウガラシ〟ともいうらしい。先が曲がっているからだと。この深紅、色の鮮やかさもさることながら、なにか哀調を覚える。彼岸花の紅などを思った。

明治生まれの最後の県民多田さんという人が１１０歳で死去したとか。この方、明治45年、１９１２年生まれ。自分の母は、明治30年代の生まれであったから、それほどに違いはない。押し迫る高齢という筒の先を感じる。

知床で発見の骨、沈没船客と確認。コツが収集されてはじめて人の死となる。何とも言い難い。知床の冷たい海、当時の気温3〜4度だった。温かい家族のもとに帰宅されただろうか。

10月15日

〈山麓会《さんろくかい》〉＊ 今年は開催。2年、コロナにやられ開けず。なんと、10名の出席。予測した人数よりは多いと思う。私が最年長で、あと80代後半の者たち。代表の難波正義君は耳が遠くなっており、司会の役が大変である。それでも、彼が音頭を取らないと成立しなかったのだから感謝。岩国の三井清君が会を引っ張る。昨秋か、内科診療を閉鎖したらしい。東京の息子のところに行ってしまった白髭夫妻はわざわざ今回帰郷して出席。学生時代の席順ひとつ前の藤本は相変わらずの舌鋒。清水女史は、かの文化勲章の書家高木聖の習字の弟子だが、今は書いていないという。よろしく会はすすみ、3年来の禁酒を守りノンアルコールで過ごす。結構、酔うから不思議。元気で帰宅。

＊岡大医学部昭和36年卒の会。山麓《さんろく》は、3・6を掛けてつけられた。

10月17日

アツケシソウという植物は、岡山は浅口市に唯一の自生地があるそうで、初見聞。サンゴに似ているところからサンゴソウともいわれるそうである。今が最盛期らしい。海岸の塩湿地に自生する。塩生植物という。ピンク色の色合いに趣を見せる。絶滅危惧種と言われると、余計に秋色を憶える。時に、〝唯一の〟云々は、あとの名乗りを誘うことになるが、今回の唯一の自生地、浅口市はどうだろう。そこだけというのには、なにか、そうかなーの思いも残る。

最近、山陽新聞に「名医の系譜」が出ていて、自分の想起しうる時代、領域のことも多く、楽しみにしていたところ、いきなりというか、想像しなかった精神科領域の名医などが登場しびっくりである。しかもその栄誉をもらっている1人が、この爺にも近い少々若い堀井茂男君が出ているではないか。彼は先年慈圭病院長を辞したが、現在、岡大神経精神科同門会会長である。彼が岡大精神神経科に入局した昭和47年頃から、身近な解り易い精神療法を人知れず求めてきたのをよく記憶してきた。早くから、瞑想・座禅の境地が人の苦境をやわらげ精神療法として意味を持つことを実践して取り組んできた。今、脳内物質の解明、それに伴う薬物療法の全盛時代、精神療法として現代に通用する体系を持つ治療法の確率は困難である。しかし、巷間、伴にする心を病む人には、学問はさておいて、膝を交えた語りかけがまず欠かせない。堀井君は、精神科医となってすぐのころから、森田療法、内観療法など、精神療法の基本となったものを取り入れ、精力的に取り組んだ。私は、この彼の療法の基本を堀井の〝3ズ〟と称していた。つまり、実際に行う精神科医の姿勢は、〝焦らず、いそがず、あきらめず〟であると、よく語っていた。今、名医の系譜として、精神科領域が取り上げられた。今日、新聞に、彼の無念無想、静かに座る姿を見て、懐旧の念、そして、精神療法の基本、医師の姿勢、その真価などについて再考することができた。

10月20日

この爺の健康診断をというわけで、日赤の呼吸器科別所医長の診察を受けた。再度専門家の指導を受けることにする。なにしろ、難物の間質性肺炎を経験し、3年前、日赤に入院、幸い寛解した。その次第は前の『米寿、そして』に書いた。その後も経過よく過ごしてきたが、体質のアレルギー反応がすさまじく、ほとんど通年性と言えるほどに悩んでいる。そういう訳で、専門家の意見・指導・治療を受けることにした。新しい機種のCDも備わっているそうで、暫く通院医療を受けることにする。

天気・気象談義。このところ、よろしい天候になっている。素晴らしい秋の日和である。早朝、10度を切り、昼間20度を超える。紅葉も進むだろう。一年でもっともよろしい頃と思っている。気象予報士の女史に言いたいが、君たちは、予報の初めに必ず、愚痴をこぼして予報を始める。〃今朝は冷えましたねー、……もう長袖でないと……〃云々。女性の愚痴に始まる予報はやめてほしい。季節の端境に人の心を動かす風情がある。日本は四季の移ろいがあってこそ素晴らしいのである。〃寒かったですねー、暑かったですねー〃で事を始める主観的な態度は慎んでほしい。

10月23日

〃ダイヤモンド大山《ダイセン》〃と言われ、10月のこの頃、3日ほど、このダイヤモンド大山なる景観が楽しめるとのこと。米子城址でその圧巻が展開する。年に2回、春にも一度見られるそうである。

早朝、6時40分ころこのご来光が大山の頂上に拝める。

10月26日

〈夢2題〉このところ、姉の良子96歳が発熱、傍の看護師某君が発熱。すぐさま「コロナ」を疑ったが、それぞれ陰性。普通の風邪か肺炎であったが、いろいろ連絡が錯綜し、この老爺にはやや侵襲の強い心境に至っていたので夢を見たのかもしれない。寝床では憶えていたが、今こうして書いているとほとんど想起できなくなった。

息子の研究論文に使う小さなフィルムが胸元に落ち、運転している途次なのでどうしても取り出せない。下に落ちたようにも思える。運転中の車は右側にせまる坂道に沿いほとんど数ミリといった程度の接近だが、車が接触することは無く、ブレーキを踏んでも踏んでも制動しないまま、目が覚めた。もう一つは、病院がうまく機能していないような人間関係だったが、……今どうしても想起できなくなった。

〈老人の置き忘れ2題〉腕時計が見つからない。私以上に物忘れのひどい家内になじられながら捜したが見つからない。イライラして出勤した。外に落とすことはないが、ゴミ袋に落ちたかもしれない。まあ一日中、かき回したが見つからない。明けて出勤中、賄《まかな》いも受け持っている爺の前掛けのポケットに入れたのを想起した。あった、ここにあったのである。洗い物の際、はずしていれたのをふいに思いだした。思いだせたことを女房に自慢している浅はかさ。……。もう一つは、ごく傍においている携帯を捜したが、見つからないので、女房のを発信したら、座っている座布団の下に落ちていた。あと暫くどうも落ちつかない数時間だった。

10月28日

今朝は少し早く目が覚めて、ベッドの中でうつらうつらし、種々想起するままどろんでいた。人との最後の出会いのようなことを追想していた。それも、家内が昔の人を名指して〝まだお元気かなー〟とか言ったので、そう言えば、あの方はどうされているだろうと思ったからである。もうずいぶん昔に一度か二度会った人もいるし、いつも足しげく会っていながら、ぽつんといつかきれたようにその後会っていない人もいる。あの時が最後だったなーと思える人もあり、よほど何かがないと想念には遠い人もある。ともかくこの時が最後の出会いだと思うことはない。それぞれ、別々に、いつか、消えていくのだろう。

前項とは全く関係のないジェンダーのことを想起しながらぼんやり思考していた。テレビがついたままで、誰かそれらしいタレントが出ていたためかもしれない。自分が人の前で喋っていて、〝自己否定の性の転身は、人類滅亡か別種の誕生かのはしりのようなものかもしれません〟などと、スピーチでもしているような微睡《まどろみ》だった。日頃、性のことについては、自分には遠い存在であり、タレントの際立つ変身には終始戸惑っている。そのわだかまりがとんでもない想念を引き起こしたのかもしれない。

10月30日

〈自然百景〉特有の山というから記録した。再放送でもないらしくメモにも意欲が湧く。四国は中央部愛媛県の〝花の山〟。東赤石山《ひがしあかいしやま》、標高1706m。1400万年前の隆起で、かんらん岩という赤味がかった岩石が特徴。針葉樹ヒメコマツ、シコクギボウシ、ウバタケニンジンなど、地特有の植物あり。花の名山と言われる。このかんらん岩に含まれる物質に特有な高山植物の生育ということらしい。雨が多く、森が繁る。アマゴが泳ぎ、ここにイシズチサンショウウオがゆらりと見える。固有種という。1年半で陸上のこの湿地帯に移る。ここにだけ育つオトメシャジン。四国に15年弱滞在して、石鎚山の隣にこの名山知らずであった。

10月31日

〈祝日〉とは思っていないが、〝ハロウィン〟(Halloween)とは一体何だろうとこの爺は思う。韓国ソウルの繁華街、東京は渋谷の交差点などに当夜若者が押し寄せる。韓国で警備当局が責任を問われるほどの出来事が起きる。そこでここに、このハロウィンとはなにか、手元の「歳時記」から正確なその意味について書いておきたい。

ハロウィンとは、カトリックの「諸聖人の日」の前日にあたる10月31日の晩に、主に英語圏で行われる伝統行事である。諸聖人、all hallowsが行い、万聖節eveである。古代ケルト人の収穫祭がキリスト教に取り入れられたものである。ケルトの習慣で、この夜、死者の霊が戻ってくるとか、精霊や魔女が出没すると信じられた。この悪霊から身を守るため仮面を被り、魔よけの篝火を焚いたのがこのハロウィンの起源とされた。カボチャやカブをくりぬき、そのなかに蝋燭を立てたものを、ジャック・オー・ランタンという。子供は魔女やお化けに扮装し、〝trick or treat〟(お菓子をくれないと、いたずらするぞ)と言いながら、近所を訪ねまわる。日本での大きなパレードは、昭和58年、原宿で始まった。そういうことである。これがどうなり、どうなっていくのか、そしてどうしてこんなものがと思うがどうか。思いは繫がらず不可解な行事ではある。

〈文化寸見〉「山陽俳壇」の選者として、ここ25年もの長きにわたってその大役を担われた大石悦子さんという方が退陣され、一文が載せられている。この爺、俳句は初年兵で、この「山陽俳壇」への投稿の経験もない。今日思ったのは、この大石さんが、岡山を去るにあたって、俳句を通じてここ岡山人をどう評価するだろうかと思って、書いている。彼女の言を借りると、「俳句とは、四季の自然のなかで、日々生きていることの喜びをうたい、あるいは悲しみを癒やすことを根底に据える」ものだという。さすれば、岡山に来られ、岡山の人からの俳句を受け止められてどういう気風をここに感じられただろうか。氏は、「投稿作品に際立って険しい句や厳しい句がないのも、読者の方々もこの風土に癒されながら、俳句を作っておられるからだろうと拝察する」と書いている。他にいろいろの印象をお持ちと想像するが、氏は関西大阪は高槻の出身であり、その関西のあっさりバッサリとは異なる岡山特有の陰険さを俳句の中に感得されたであろうかと、思ってみたりする。皮肉屋、ややひねくれとも思える岡山気質、氏は黙しているようにも思える。〝厳しくもなく、険しくもない句が多かった〟と、控えめな印象を語っている。まあ、いわば醒めた心は俳句に通じるだろう。だから、ここ吉備の里と言っておくが、ここに俳句の隆盛はもっとあってもよいかとも思う。だんだん川柳の心に近くなった。

〈スポーツ2題〉を書き忘れていた。印象程度にとどめる。所詮結果論になるが、この爺の視点を持ちたい。

「日本シリーズ」オリックスが4―2、1引き分けで勝つ。思うことが一つ。ペナントレースの終盤、「ソフトバンク」「西武」と争っていて、なんとなくというかきわめてするりというか、何と同率首位の優勝だったのを思い起こしている。こういうところがある。なにか、最後には勝っていたというか、その辺にこの爺の視点がある。

岡山の「ファジアーノ」、昇格ならず。もう少しのところだろうが、力のほうで、まだ十分な財力の調整がついていないのではないか、機が熟していない。掛け声に基盤がないような気がする。実力の有無云々でもないようなところに達しているようには思えるが。サッカーは順位の低い方が勝つことが多いスポーツ。もう少し力不足というようなものでもないように思う。ワールドカップで日本がドイツに勝つことだって起こるかもしれない。

あとがき

この分冊は、『米寿、そして』、『それから卒寿』に次ぐ第3弾として書き留めてきた、2021年7月1日より、2022年10月末までの手記である。今回は、『卒寿の各駅停車』とした。実は、この爺の郷里は備後東城であり、今、廃線をめぐって消えなんとする渦中にある。政府もこれにかかわって特別委員会の設置が検討されている。しかし、先行きは悪いと予想せざるを得ない。

この芸備線（新見―東城―庄原―三次―広島）は、わが生涯とほぼ同じ歴史を持ち、我が故郷と密接で、特に幼児体験、中学校時代の原爆体験、通学などに深いかかわりを持ってきた。従って、この路線は、わが生涯そのものとして、看過できない歩みを持ったものである。逐一停まり、思い出し、懐かしむべきところである。

かくしてこれを『各駅停車』とし、我が存続と同一化を思考するしだいである。奇しくも、かの六角精児の〝缶ビールの揺れている呑み鉄本線〟は、そのサンライズ&四国旅で、『各駅停車』の風情を見せている。当方もまだ終わってはいない。ここはまあこれまでで打ち切り、さらに出発進行していきたい。我が人生と同一でありさらに敷衍していきたい。

●著者プロフィル

細川　清（ほそかわ・きよし）

1931年広島県東城町生まれ。広島市の私立修道高校卒業。1955年東京大学独文学科卒業後、岡山大学医学部卒業。精神・神経医学を専攻。臨床脳波学をライフワークとする。1968年より2年半、アメリカ・ウィスコンシン大学に留学。岡山大学医学部助教授を経て、1983年初代香川医科大学精神科教授、1991－97年同大学附属病院長・副学長を務め退官。
著書に『精神医学のエッセンス』『精神科教授の談話室』（星和書店）『米寿、そして』『ヘルマン・ヘッセの精神史』『それから 卒寿』（吉備人出版）ほか。

卒寿の各駅停車

2024年4月30日　発行

著者　細川　清

発行　吉備人出版
〒700-0823 岡山市北区丸の内2丁目11-22
電話 086-235-3456　ファクス 086-234-3210
ウェブサイト www.kibito.co.jp
メール books@kibito.co.jp

印刷　株式会社三門印刷所

製本　株式会社岡山みどり製本

ISBN978-4-86069-740-2　C0095